Les yeux pour pleurer

Paul Balla MANSARÉ

Les yeux pour pleurer

Roman

L'Harmattan

© L'Harmattan, 2015
5-7, rue de l'Ecole-Polytechnique, 75005 Paris

http://www.harmattan.fr
diffusion.harmattan@wanadoo.fr
harmattan1@wanadoo.fr

ISBN : 978-2-343-07774-1
EAN : 9782343077741

*

Le soleil n'avait pas encore cessé d'émettre ses rayons bien que ces derniers ne faisaient plus mal. Le ciel présentait alors un aspect clément offrant l'aubaine aux amoureux de se livrer aux balades à pas lents sur des places publiques ou au bord du fleuve Milo, ce grand fleuve qui arrose Kankan avant de se jeter dans le Niger ; ou aux solitaires qui eux, préféraient les endroits calmes et paisibles pour trouver solution à leur isolement. C'est à cette heure que Tambada bondit sur son vélocross, dont le modèle était encore rare à Kankan, cité qui regorgeait pourtant des variétés de vélos. Tambada pédalait avec fantaisie, jetant un regard condescendant sur des gens qu'il croisait ou dépassait. Il faisait promener les yeux avec dédain sur une route totalement dégradée et bordée d'étangs qu'il évitait avec dextérité.

Michel l'aperçut à distance, et comme à l'accoutumée s'écria :

— « Mon conakryka, que tu es ponctuel et surtout je meurs pour tes nippes ».

Et, s'adressant à cet autre assis près de lui dit :

— « Je te disais que ceux-ci respectent le temps comme une religion. Prends place, Tambada, le temps pour moi de mettre mes fringues ».

Un instant après, Michel parut, modestement habillé, et invita ses amis à prendre le départ. Sur le trajet qui devait les mener à la Mission Catholique, Michel ne cessait de parler de l'abondance des nanas pendant ces vacances à Kankan. Il louait la beauté de toutes ces filles impeccablement habillées qu'ils croisaient à chaque coin de la rue. Même si son jugement ne concordait pas avec la beauté physique, il ne tarissait pas d'arguments pour rallier ses compagnons à ses opinions sur les merveilles de la beauté féminine. Ainsi, se lançait-il :

— « Les traits du visage ne suffisent pas à eux seuls pour exprimer toute la beauté d'une femme. Celle-ci peut s'apprécier également dans le comportement, la démarche, les lignes du corps… »

Tambada n'avait pas manqué de révéler à ses compagnons son intention d'avoir une petite amie pour rendre agréables ses vacances. Sa requête fut aussitôt approuvée. Michel lui promit qu'il ferait de son mieux.

Cette ambiance accompagna le trio jusqu'à la Mission Catholique. Dès leur arrivée, l'attention de Tambada fut portée sur une jeune fille de toute beauté joliment habillée, à la chevelure tombante, se déplaçant dans la masse des jeunes gens avec une élégance facilement remarquable. Démarche interrompue par la salutation de Michel, qui poursuivit en demandant les nouvelles de la famille. Le temps pour Tambada de s'intéresser à ce dialogue, une voix l'interpella et l'invita à aller chercher les bancs pour aménager l'endroit où allaient se tenir les répétitions. L'ordre le tira du plaisir qu'il savourait dans la contemplation de cette beauté oh ! Combien sublime ! Lui ôtant du coup l'aubaine que lui Tambada n'allait plus tarder à saisir pour adresser la parole à la superbe créature qui se tenait seulement à quelques pas de lui.

Tambada eut vraiment du mal à garder sa concentration durant les répétitions. L'image de la jeune fille lui revenant sans cesse à l'esprit. Sa place, éloignée de celle qu'occupait Michel, l'empêchait de lui faire part de son intention qui, à présent l'agaçait. Son intérieur bouillonnait. Il était assis, apparemment calme, mais, sentait en lui un Marché grouillant de plus de cinq cents personnes. Tambada se posait assez de questions sur cette jeune fille. « Qui était-elle ? D'où venait-elle ? Pourquoi n'était-elle pas présente maintenant ? ». Toutes ces questions sans réponse se disputèrent l'esprit et le corps de Tambada tout le temps que durèrent les répétitions. Le silence de Tambada pouvait être jugé comme une application, pourtant il exécutait mal les rôles qui lui étaient dévolus. Il manquait d'habileté, alors qu'il était calme et présentait un air sérieux.

L'excès d'erreurs le conduisit à trouver une excuse : la migraine. N'étant pas un habitué des feintes, il fut considéré comme malade et exempté de certains exercices. Il n'attendait que la fin de ces répétitions, pour entretenir son ami Michel au sujet de cette belle fille. Cette fin tarda à venir, par la sollicitation du directeur de troupe, qui voulait améliorer les conditions de travail et aussi donner les instructions sur le respect de l'heure, les absences et divers. Cet entretien prit plus de temps que d'habitude. Voilà ce qui empêcha Tambada de rencontrer Michel. Il retourna alors contrarié à la maison ce jour-là, en compagnie de son frère Morykandja.

Ne connaissant pas l'adresse de cette fille, Tambada n'avait aucun moyen de la contacter. Michel restait l'unique solution. Il devait le joindre à tout prix.

La nuit a été bouleversée, kidnappée par une insomnie. Il ne cessait d'accuser cette voix qui lui donna l'ordre et qui lui ôta la possibilité de serrer la main de cette belle et charmante jeune fille, de la fixer afin de provoquer le coup de foudre. Si Dieu avait fait taire cette voix, donner l'aphasie à cette personne. Le Bon Dieu aurait fait le mieux pour Tambada ce soir-là. Et si celui qui avait émis cette voix, se rendait compte du tort qu'il lui avait fait, il aurait demandé pardon à Tambada plus que Judas ne l'eût fait après avoir livré le Christ. L'ignorant est vraiment heureux de ne pas savoir la gravité de ce qu'il fait. S'il y a quelque chose à reprocher aussi, c'est bien sûr l'exécution de l'ordre donné, qui résulte d'une obligation morale. Tambada à cet instant ne pouvait pas refuser l'ordre qui lui était donné. Deux forces pesaient sur sa tête : l'éducation familiale et celle religieuse. L'ordre a surgi comme un éclat de tonnerre et l'exécution comme un tonnerre. Il se sentirait mieux cette nuit, si seulement il serrait la main de cette fille. Mais, il fallait encore attendre, attendre que le soleil se levât, qu'il cherchât Michel et, comme il n'avait pas de rendez-vous avec ce dernier, quand donc le retrouver ? Michel n'était jamais à la maison sans rendez-vous. Voilà quelqu'un qui ne pouvait pas faire cinq minutes chez lui. Il venait à la maison juste pour manger si, bien sûr, il n'en trouvait pas ailleurs. L'équation pour retrouver Michel était donc à plusieurs inconnues. Les prochaines répétitions étaient programmées pour le jeudi, et on était dimanche. Tambada trouvait un mal fou à devoir patienter encore quatre jours pour se délivrer de ce fardeau. Il lui fallait un courage indien pour retrouver son ami, le fameux Michel. Le sommeil tardait à venir. Il pensa alors à faire un programme le lendemain en prévoyant un temps nécessaire pour rencontrer Michel.

Tambada qui attendait impatiemment le jour pour aller voir Michel ne le put point. Il avait fait une grâce matinée due à sa longue méditation de la nuit précédente. C'est d'ailleurs, Michel qui l'avait tiré de son sommeil afin de l'aider à trouver solution au problème de son infidélité et de ses bêtises. Respirant à plein poumon, Michel narra ce qu'il avait subi la veille :

— Tambada, sais-tu que Diaka me joue des tours avec d'autres garçons de la ville ? Je l'ai surprise hier nuit avec un autre gars du quartier, mais je suis sûr que le pauvre ne risquera plus de recommencer. Il se souviendra pour longtemps de la belle correction que je lui ai infligée. Moi Michel, on ne se fout pas impunément de moi ! Finit-il en se tapant pompeusement le torse.

N'ayant pas bien saisi ce que lui racontait le vaniteux Michel, Tambada demanda :

— Qui est cette Diaka dont tu me parles ?

— Je parle de cette fille à qui je t'avais présentée la semaine dernière en face du café UNITE.

— Ah oui, je me rappelle, celle-là qui était en jean et en short blanc. Et où l'as-tu surprise ?

— Bien ! A la place de l'indépendance. Au moment où je raccompagnais Thérèse. Je l'ai vue de mes propres yeux, bras dessus et bras dessous avec cette fripouille de Mamadi dit Silvet. Et, ma réaction, comme je te l'ai dit, a été sans appel.

— Qu'a fait alors Thérèse, avec qui tu étais ? Qui est aussi ta petite amie notoire d'ailleurs ?

— Je l'ai quittée dès que j'ai aperçu Diaka.

— Que veux-tu maintenant, enchaîna Tambada ?

— Te faire savoir que les filles de nos jours sont toutes infidèles et qu'à partir de maintenant je n'aime plus Diaka.

En disant ces mots, Michel oubliait une chose, c'est que lui-même était à la sommité de l'infidélité. Insatiable qu'il était, il n'aurait jamais dû prononcer le mot fidélité. Il avait la boulimie de la femme. Un véritable obsédé sexuel. Michel n'avait pas la tête sur ses épaules. Il ignorait que si Diaka était fidèle, elle n'allait pas accepter de sortir avec lui Michel. Mais hélas, très borné pour le savoir. Pour toute réponse Tambada le conseilla :

— Rejoins Thérèse pour lui présenter ton mea culpa. Thérèse est une belle fille, avec elle tu as moins de problèmes. Elle est moins ambitieuse, bien élevée et suivie de très près par ses parents. Va maintenant trouver Thérèse et cherche à obtenir son pardon. Sinon sa vengeance te causera beaucoup d'ennuis. Quant à Diaka, elle n'est pas faite pour toi, débarrasse-toi d'elle. C'est une fille ambitieuse et éhontée. Comment toi, pauvre étudiant d'une école professionnelle, parviendras-tu à satisfaire une telle punaise. Prends conscience et fais attention à toi. Laisse cette Diaka tranquille et contente-toi de Thérèse.

C'est suite à ces palabres qu'ils se rendirent chez Thérèse pour la réconciliation.

Arrivés chez Thérèse, ils furent bien reçus par leur hôte. Toutefois, cette dernière ne faisait aucune attention à Michel. Elle se bornait à taquiner Tambada en lui demandant l'état de ses petites amies.

— « Je n'ai pas encore de petite amie Thérèse, tu sais bien que je suis un étranger dans la cité ». Répondait-il.

Assis comme un chauffeur effrayé par un agent de force de l'ordre, Michel tentait de se mêler de leur dialogue. Mais en vain, car chacune de ses tentatives restait toujours sans succès. La visite n'a pas été longue puisqu'il fallait changer de cadre pour pouvoir bien parler à Thérèse. Les deux amis s'isolent avec Thérèse. L'entretien devait aboutir absolument à l'obtention du pardon de Thérèse. Pour cela, il fallait savoir argumenter, car cette fille était très espiègle. Elle pouvait profiter des moindres erreurs de langage pour aggraver la situation. Connaissant la genèse de leur union et leur vie jusque maintenant, le discours de rabibochement de Tambada s'était axé sur les succès, les mérites et la continuité de leur union. Il fit savoir à Thérèse que son ami avait tort et qu'ils étaient venus pour demander pardon. Ce fut en ce moment que Michel intervint en reprenant quelque peu les phrases de son ami. Il termina par un acte de prosternation que Thérèse interrompit. Sans pouvoir assez discuter, elle accepta leurs supplications et émit le souhait de rencontrer Tambada le lendemain.

Une chose était certaine, c'est que Thérèse aimait beaucoup Michel et quand une femme aime, l'homme n'a généralement pas de problème. A l'instant même, Thérèse demanda à Michel de rester en sa compagnie. Tambada prit alors congé des réconciliés.

Le voilà qui prend congé de Michel, la solution de son problème du moment sans pouvoir s'exprimer à propos. La circonstance n'est pas favorable pensa-t-il. Un tête-à-tête avec Michel en présence de Diaka porterait au doute. Il opta donc pour le silence. « La patience est un chemin d'or » murmura-t-il.

Comment passer encore cette nuit-là avec sa soif ? Même le nom de la fille qu'il voulait conquérir Tambada n'avait pu le demander à son ami. Il marchait en réfléchissant sur près de 500 mètres sans être maître de lui-même. Et, il ne trouvait pas de solution à son problème. Il décida d'aller passer le reste de sa journée avec les siens.

Cette idée fut la meilleure, car en famille, Tambada se sentait tout à fait à l'aise ; il n'avait pas le temps de penser à autre chose. C'est le moment pour lui, de vivre l'atmosphère familiale, de participer aux jeux, aux causeries et de recevoir les petites plaintes de certains membres de la famille. C'était une famille moyenne composée de sept personnes. Là, pendant les moments de repos, ils s'adonnaient à la raillerie. Véritable bande d'hilares à pareils moments ; ceci faisait le bonheur de la famille. Un bonheur qui se matérialisait par le climat de joie et d'entente de tous les membres de la famille qui ne manquaient pas de rappeler les scènes de bonté de leur mère. Cette mère qui prenait leurs provisions pour distribuer à d'autres gens plus pauvres ou nécessiteux. Maman bonté, l'appelaient-ils qui ambitionnait de satisfaire tout le monde.

— « Bon courage Madame pourvu qu'on ne meure pas de faim » tonnait un, « Maman bonté ! » tonnait l'autre. Et tous riaient bruyamment.

Le Bon Dieu ne voulut pas que Tambada se vît avec Michel pour lui parler davantage de cette jeune fille. Tambada resta sur sa soif jusqu'à ce jour Jeudi c'est-à-dire quatre jours après la première rencontre.

Aussitôt sorti de la vieille bâtisse abritant Michel et sa famille d'où il était venu le chercher comme d'habitude, Tambada, fermement résolu à aborder le problème qui lui valait des nuits blanches depuis quatre jours, se décida à vider ce qu'il avait péniblement gardé pour lui seul pendant tout ce temps qui lui avait paru une éternité. A peine eut-il abordé le sujet que Michel l'interrompit :

— « Elle s'appelle Madeleine, répondit Michel. Je la connais depuis Kissidougou. Elle est ici à présent pour les vacances ».

— « Mon ami, je veux de cette fille. Je la veux vraiment. En effet, depuis le samedi après nos dernières répétitions, je voulais te le dire, mais hélas je n'ai pas pu. Je sollicite ton aide mon cher ami ». En réponse, Michel lui dit de l'attendre. Il insista. Michel lui donna sa parole en jurant de faire de son mieux. Confiant, il concéda. Les voici à la Mission où une poignée d'amis attendait l'arrivée des autres pour commencer les répétitions. Ils se joignirent à eux et se baignèrent dans une causerie entre amis. Tambada était mi- présent, toute son attention portée vers le portail. Il avait fait exprès de choisir cette position qui lui permettait d'apercevoir la jolie et convoitée Madeleine qui tardait à venir. Il était presque l'heure et bon nombre d'acteurs étaient déjà là. Le directeur de troupe les invita à aménager les lieux. A peine entré en action, Tambada aperçut à quelque vingtaine de mètres de lui Madeleine qui se dirigeait vers eux. Il la reconnut et fonça directement vers Michel. Madeleine, naïve approchait à pas lent tenant en main un porte-monnaie. Il y eut une paralysie dans l'activité d'aménagement par l'effet de la présence de Madeleine. Michel confirma à Tambada que c'était bien elle qui s'appelait Madeleine. Tambada se résolut tout de suite à l'aborder et à lui traduire son intention. « Patience ! Lui commanda Michel, ne sois pas si pressé sinon tu vas la perdre ». Ne voulant pas entendre cette expression pour une deuxième fois, il demeura coi. Après l'aménagement qui avait été bouleversé quelque peu par la sollicitation de certains jeunes à serrer la main de Madeleine, le directeur de troupe demanda à chacun de rejoindre sa place. La présence de Madeleine captivait toute l'attention de Tambada, il l'a dévoré du regard faisant attention à tous ses mouvements. Il ne trouvait rien de mauvais dans ce qu'elle faisait. « Madeleine est belle, très belle » se disait-il intérieurement, il profitait de chaque occasion qui lui était offerte pour faire signe à Michel de son envie ardente de la posséder. Michel lui répondait par un sourire. Peut-on dire à un chien d'être patient à côté d'une viande fraîche ? L'intérieur de Tambada ressemblait à une foire. Il était illuminé par la beauté de Madeleine. Son charme lui donnait une leçon de savoir-faire et de savoir-vivre. Une obligation de conquête l'envahissait. Il était prêt à tout, à tout vraiment pour mériter cette fille.

Malgré tout, Tambada s'était contenté de cette perception, rien de plus ce jour. Mais, il était un peu soulagé de l'avoir eu à côté de lui et aussi avec l'aval de Michel en qui, il avait confiance en ce moment. Le samedi qui suivit était aussi un jour de répétition. Comme d'habitude, Tambada passa chez Michel et ensemble ils prirent la route de la Mission Catholique. Il demanda à Michel s'il avait rencontré la fille comme promis. Ce dernier se mit à rire avant de lui proposer de se rendre chez Madeleine qui habitait non loin de la Mission catholique. Sans s'y rendre, ils aperçurent à quelques mètres d'eux Madeleine qui se rendait aussi à la Mission Catholique. Ils lui firent signe et Madeleine les attendit. A leur arrivée à côté d'elle, Michel accomplit un tour de comédie qui fit rire Madeleine avant de leur commander de continuer.

Au cours du trajet, Michel présenta Tambada à Madeleine qui demeurait un peu méfiante. Tambada était très fier de la manière dont Michel le présentait à Madeleine : « jeune étudiant à l'Université de Conakry en vacance à Kankan ». Ce qui lui déplut au contraire, c'est cette attitude de Madeleine qui ne fut pas très chaleureuse. Il aurait voulu que son statut l'attirât à l'instant même.

Mais non, Madeleine n'avait fait que lui serrer la main en disant : « Enchantée de faire votre connaissance ».

Après quoi, elle lui demanda si tout allait bien à Conakry.

Assis sur son vélo, Tambada faisait semblant d'écraser les roseaux qui traînaient par terre avec les pneus de son vélo. Il souhaitait que Michel lui donnât le temps pour parler à Madeleine, mais en vain. Les deux se lancèrent dans des interminables histoires de Kissidougou, l'un demandant les nouvelles d'un autre. Tambada recula et cela lui permit de bien apprécier l'arrière-train de Madeleine. « Cette partie est sans correction possible », se disait-il intérieurement. C'était agréable à regarder. A l'instant même, Tambada pensa à son ami Kéloua.

— « Si Kéloua avait fait surface ici, le "dossier" Madeleine aurait déjà été signé. L'impatience en matière de belle fille était le propre de Kéloua. Il aurait déjà facilité la tâche », murmura-t-il. Kéloua aimait les filles surtout celles qui sont pareilles à Madeleine.

Juste avant d'entrer dans la cour de la Mission Catholique, il aperçut Alexis un autre de ses amis, qui approchait. Tambada demanda la permission à ses compagnons pour attendre Alexis. A peine arrivé à sa hauteur, Alexis lui fit part de sa surprise de le voir en compagnie de Madeleine. Cette question parue surprendre Tambada qui voulut s'enquérir des motifs de cette question.

— « C'est parce que je vous vois ensemble », répondit Alexis.

— « Oui, Alexis, je viens de faire sa connaissance et j'ai l'intention de la draguer ».

— « Ah mon petit ! Tu es encore très jeune pour sortir avec cette fille-là. C'est une grande celle-là. L'as-tu bien regardée ? Vas-y tu verras ; elle ne va même pas te donner l'occasion de l'aborder à plus forte raison conquérir son cœur ».

— Mon cher, il n'y a pas de fille impossible à conquérir, il n'y a que de gars incapables de conquérir. On verra bien, répliqua Tambada.

Pour qui connaît Alexis cette réponse guérissait sa plaie. Alexis était très faible devant les filles. Il avait été plusieurs fois victime de tromperies. Cela faisait qu'il n'était plus sincère en amour. Il préférait suivre les mineures auxquelles il dictait sa loi. Ce que Tambada aimait chez Alexis était seulement son génie d'animateur. La force d'Alexis était de chanter les chants qui pouvaient maintenir tout le monde à ses côtés, jusqu'à ce que lui-même décide de les libérer. Le don de créer les chants d'animation lui appartenait et il accompagnait très souvent ces chants des pas de danse initiés par lui-même. Jean son confident dans de pareilles situations, était aussi d'une qualité exceptionnelle. Il avait la maîtrise parfaite du tam-tam. Ce Jean pouvait imiter tous les rythmes à partir de son Djémbé. On le nomma Jean Djémbé. C'était ce Jean Djémbé qu'ils trouvèrent d'ailleurs ce jour en train d'égayer les premiers venus sur l'aire des répétitions. L'arrivée de Tambada en compagnie d'Alexis souleva une ovation. Le coin allait retrouver les deux maîtres en réjouissance, Alexis et Jean. Tambada profita de la célébrité de son ami pour être bien accueilli. Alexis très compréhensif imposa à ces fans l'autorisation de Tambada avant d'entonner le chant qu'il avait réservé pour cet après-midi. Tambada à son tour demanda une bonne place avant son acceptation. Tout cela se fit pour bluffer devant Madeleine. Dans ses chants Alexis ne manquait pas de faire l'éloge de Tambada. Toutefois, Tambada constata que cela n'influençait en rien Madeleine qui finalement prit d'ailleurs congé du groupe. Elle ne revint qu'à l'heure des répétitions proprement dites. Pauvre Tambada !

À la fin des répétitions, laissant le soin à Michel de poursuivre ce « dossier », Tambada rentra chez lui en compagnie de son frère Morykandja et d'une poignée d'amis.

Comme la plupart des samedis qu'il eut à passer pendant ces vacances, il se rendit aux environs de 22 heures à la Galaxie. Une boîte de nuit très renommée où son frère Morykandja était DJ (Disque joker). Tambada se faisait souvent accompagner d'une fille rencontrée durant la semaine qui acceptait de flirter avec lui. Mais cette nuit a été tout autre pour lui. Il ne cessait de revoir Madeleine devant lui, son image passait et repassait. Il préférait donc rester seul. Ce qu'il avait comme cœur avait trouvé celle qu'il fallait pour son maître. Une admiration naturelle s'était emparée de ce cœur qu'avait Tambada pour aimer. Mais tout à coup, dans sa solitude intérieure, cette phrase d'Alexis lui revint à l'esprit : « Ah mon petit ! Tu es très jeune pour sortir avec cette fille-là ». Alors son visage se tendit. Il voulut prendre place, mais se ressaisit et continua à danser. Il se mit donc à murmurer malgré la tonalité qui s'emparait vivement de toute la salle.

— « Petit… je pense non ! ». Tambada faisait confiance en sa personne. Surtout qu'il avait connu une autre qui avait même corpulence que cette Madeleine. Son aspect physique ne pouvait pas le faire désister, son statut l'autorisait, car il faisait partie de l'intelligentsia guinéenne, l'université étant le summum du système éducatif du pays. La probabilité de dompter et d'apprivoiser

Madeleine d'après son analyse personnelle était très grande. Sans minimiser la compétence de celui qui était chargé de suivre l'affaire. Il était donc très confiant. « A moins de lui déplaire naturellement, je n'avais rien à me reprocher intrinsèquement » se disait-il. Sans se laisser trop entraîner par ses idées, il s'efforçait de danser en évitant d'attirer l'attention de son frère. « Pourrais-je un jour danser en amant avec Madeleine ? Comment serais-je si cela arrivait ? Pourrais-je bien exécuter mes pas de danse ? ». Il fut brusquement tiré de cette rêverie par Diaka, qui le saisit par la hanche avec une réelle envie de danser avec lui. Aucune idée d'elle avant que celle-ci ne se présente. Tambada se laissa entraîner par la belle demoiselle au teint d'ébène qui lui tint compagnie pour le reste de la soirée. Depuis qu'ils se virent, Tambada ne s'ennuya plus. Diaka dansait formidablement, bien telle une stripteaseuse. Tambada ignorait avec qui elle était sortie ; en tout cas personne ne lui demanda quoi que ce soit.

Le lendemain, il rendit compte à son ami Michel. Ce dernier l'informa qu'il avait rencontré Madeleine à son sujet.

— Qu'a-t-elle dit ? S'enquit-il.

— Rien d'extraordinaire ! Tu sais les filles, elle me réserve sa réponse pour plus tard.

La compagnie avec Michel avait été brève, car Tambada avait rendez-vous avec ses amis Malgaches Damien et Georges. Il savait également que manquer au rendez-vous de ces deux, lui créerait des ennuis toute la journée. Il venait à peine de faire leur connaissance, mais leur nature possessive l'avait dominé. Tambada savait pertinemment que sa rencontre avec ces deux, il lui ferait perdre la moitié de sa liberté. Il attendait impatiemment qu'ils vinssent et qu'ils volassent à travers la ville de Kankan comme promis. Le programme étant établi à l'avance, il s'était déjà fait une idée de leur trajet. Il y avait au programme de visiter certains endroits renommés de Kankan. Le temps pour lui de faire intérieurement l'itinéraire à suivre, le bruit des motos lui signala l'arrivée de ses amis. Tambada se moqua de Georges qui avait du mal à maîtriser sa grosse moto. Sans le laisser exagérer, celui-ci l'invita aussitôt à s'asseoir derrière lui. Damien comme un badaud les regardait avec un sourire narquois. Après quoi, ils se dirigèrent vers Kankan-Koura le quartier situé après le pont. Là, ils visitèrent les usines de jus de fruits et de coton en délabrement. Le constat était alarmant. Ces usines étaient dans un état de vétusté avancée. L'usine qui ravitaillait, sous le régime d'Ahmed Sékou Touré, une bonne partie de la Guinée, en jus de fruit et favorisait aussi dans cette région la culture de la mangue, de l'orange... n'était plus qu'un entrepôt de vieilles machines. Après cette découverte peu élogieuse, Tambada fit la proposition à ses amis de visiter la colline située tout à fait en face de ces usines. Il leur révéla l'existence des tombes des sofas de l'Almamy Samory Touré ainsi que les vestiges d'habitation de ce grand Emir du Wassoulou sur cette colline. Ils décidèrent de s'y rendre après avoir confié leurs motos dans une famille.

Les affirmations de Tambada à ses amis se confirmèrent. L'existence effective des tombes de sofas de l'Almamy ainsi que les décombres enfouis des restes de son habitat témoignaient de l'émergence, dans le passé, d'une civilisation. Cette colline donnait une vue panoramique sur toute la ville de Kankan. Le trio se mit à localiser certains endroits et quartiers. Après ce jeu de localisation, Tambada se mit à narrer l'histoire de son arrière-grand-père. Cela permit à ses amis malgaches d'élucider certaines parties des cours reçus sur la vie de ce grand empereur. Cette visite était comparable à un pèlerinage, tant par la nature de cette plateforme caractérisée par des faits d'un passé historique, que par la bonne manière dont Tambada narrait une histoire vraie ; celle d'un homme, un vrai homme qui n'avait acquis le souffle que pour défendre la dignité de l'homme noir. Tambada parvenait toujours à donner de bonnes réponses aux questions qu'on lui posait. Celle par exemple de savoir pourquoi cette colline ne constituait pas un site touristique ? Même question pour la grande mosquée de Cheick Fanta Mady, la Mission catholique de Monseigneur LEMAILLOU et le pont sur le Milo. Question assez pertinente aux yeux de Tambada ¨le guide touristique¨. Comme pour ne pas rester bouche bée après avoir bien répondu aux questions précédentes, il dit :

— « Tout est intéressant, il n'y a que des personnes peu intéressées, c'est sûr que cette colline n'a pas encore intéressé les responsables des questions touristiques ».

Le souhait de ses amis suscita en lui aussi cette même question à laquelle il n'avait pas, selon lui, bien répondu. Néanmoins, ils continuèrent leur découverte à travers la garenne. Ils avaient déjà pris assez de temps. Tambada leur demanda de reprendre leurs motos pour aller vers d'autres horizons. En plus de l'escalade, les tours effectués sur cette colline les avaient totalement épuisés et cette fatigue se faisait sentir sur le visage las de ses compagnons. Mais leur grande envie de continuer les découvertes de ce genre leur donnait le courage de poursuivre les tours sur cette colline. Arrivés à l'endroit où ils avaient garé les motos, ils prirent un temps de repos. Un repos relatif, car perturbé par une bande de badauds venue contempler les compagnons de Tambada. Les plus curieux eurent même le toupet de s'approcher de plus près pour demander s'ils étaient des Japonais ou des Libanais ? Ce qu'ils étaient venus faire ? Tambada leur répondit convenablement. Peu de temps après, ils rebroussèrent chemin pour le centre-ville. Il n'était plus question de continuer ailleurs, car du ciel, le soleil émettait sans cesse les rayons violents qui donnaient une chaleur insupportable. A cela s'ajoutait, la fatigue qui les avait épuisés. La suite du programme fut donc reportée pour la semaine suivante.

Il restait quelques jours pour que commence la grande rencontre de tous les jeunes catholiques du Diocèse de Kankan ; rencontre dénommée JDJ (Journée Diocésaine des Jeunes). Elle devait se faire en une semaine et à l'occasion se tiendraient des débats sur des thèmes religieux et beaucoup d'activités culturelles et artistiques. Toutes les paroisses qui devaient présenter une activité culturelle lors de cette JDJ pour la réussite de l'évènement étaient à 90 % prêtes. Seule la paroisse cathédrale de Kankan accusait un retard dans les préparatifs. Il fallait donc une amélioration dans les répétitions. Car elle devait présenter un chœur et un ballet ; en plus, servir de chorale principale pour toutes les animations liturgiques. Pour cela donc, les répétitions allaient désormais se tenir tous les jours à partir de 15 heures 30 minutes. Aucune absence ne serait tolérée.

Ce changement de programme ne portait aucun préjudice à Tambada. Au contraire, il lui permettait de voir tous les jours sa belle et jolie Madeleine. Tambada n'avait rien d'autre à faire pendant ces vacances sinon que manger, dormir, se promener et quelquefois faire la lecture. Ces rencontres de tous les soirs étaient vraiment une bonne affaire pour lui. La matinée était désormais consacrée à la lecture et des fois à des visites. Le soir était réservé pour se retrouver avec ses amis.

Tambada était un grand perturbateur insoupçonné. Il aimait très souvent provoquer la pagaille. Il profitait de l'inattention du directeur de troupe pour taquiner un ami. La riposte attirait l'attention du directeur. Innocent, recevait malgré tout de sérieuses réprimandes. Rien n'était aussi profitable que quand un chant ou un geste qui plaisait à tout le monde était exécuté. C'étaient des cris assourdissants, des applaudissements excessifs et tonitruants dont il était l'auteur. Affichant un air sérieux, en pareille circonstance, ses voisins étaient souvent des victimes de son brouillamini. Tambada faisait partie de la grande commission d'organisation chargée de suivre toutes les activités des sous-commissions ; sa présence dans cette commission était due à ses brillantes interventions lors des réunions. Ses idées et réflexions étaient toujours pertinentes. C'était donc inimaginable que Tambada se comportât ainsi dans la mise en œuvre de ses initiatives.

Seule la présence de Madeleine enleva à Tambada cette manie. La présence de cette fille faisait de lui l'homme le plus sérieux au monde. Son esprit se chargeait de faire la censure de tous ses actes.

Le lundi, comme annoncé au cours de la messe, les répétitions devaient avoir lieu et tout le monde avait répondu présent. Quand le cœur voit ce qu'il aime, il entraîne le corps. Son cœur avait vu Madeleine l'avait admirée et l'avait aimée très fort, son corps suivait le rythme. Tambada demanda à Michel de prendre rendez-vous avec Madeleine chez lui. Il ne pouvait pas attendre longtemps. L'amour de Madeleine grandissait en lui de jour au jour tant qu'il la voyait. Rencontrer Madeleine face à face à un endroit isolé serait une victoire pensa-t-il. Il ne minimisait pas sa prouesse dans de telles rencontres. Rien ne l'aurait empêché de dompter Madeleine. Michel profita alors d'un moment de petite distraction pour demander rendez-vous à Madeleine. Ils s'accordèrent sur le lendemain. Madeleine irait chez Michel et ensemble ils se rendraient à la Mission Catholique. Aussitôt qu'il fut mis au courant, Tambada commença à compter les heures qui précédaient cette rencontre. Il allait pouvoir enfin parler en tête à tête avec Madeleine. La joie se lisait désormais sur son visage. Il cessa à l'instant même d'être très calme, sans exagérer sa joie.

Malheureusement les répétitions n'avaient pas pu avoir lieu ce mardi. Une forte pluie s'était abattue sur cette cité de Nabaya, paralysant toutes les activités du matin au soir. La nature commandait à tous de rester chez soi ce « mardi d'espoir ». Tambada se voyait subir la volonté de Dieu comme on aime à le dire chez nous, en Afrique, lorsqu'on se trouve dans l'impossibilité de réaliser un désir. Il fallait donc attendre. Attendre que le soleil se lève pour pouvoir peut-être voir ses vœux se réaliser. Tambada pensait certainement que Madeleine se présenterait mercredi. Il se présenta alors chez Michel une heure avant l'heure des répétitions, dans l'espoir de rencontrer Madeleine. Michel était présent. Il accueillit son hôte, lui donna l'espoir, puis lui conseilla de ne pas tellement bousculer les choses. Tambada acquiesçait par un hochement de tête, comme pour signifier à son ami qu'il saisissait ce qu'il lui disait. Bien entendu, la patience n'était pas son genre dans de pareilles situations. Les deux amis attendirent jusqu'à 15H 20mn sans aucune ombre de Madeleine. Ils décidèrent de se rendre à la Mission Catholique. Tambada se ressaisissait pour ne pas afficher son mécontentement. Il était psychologiquement abattu. C'était comme si un grand coup venait de lui être asséné.

Juste à la rentrée de la cour de la Mission Catholique, Tambada aperçut Madeleine. Elle était encore et toujours belle, d'une beauté inégalée. Il oublia à l'instant même ce qui pesait sur lui. Il émit l'envie de la rencontrer, Michel le défendit en se chargeant lui-même de le faire. Il passa immédiatement à l'acte, elle lui répondit que le rendez-vous était fixé pour le mardi et, comme il avait plu, qu'elle ne pouvait pas deviner qu'ils l'attendaient. Suite à cette réponse, Michel proposa un autre rendez-vous que Madeleine repoussa sous prétexte des préparatifs pour les JDJ. Plus d'espoir pour Tambada, amertume et désolation se succédaient. Madeleine n'avait réellement plus le temps libre. Elle devait se faire tresser, apprêter ses habits avant le dimanche, jour prévu pour le début des festivités, sans ignorer que les répétitions se faisaient tous les jours à partir de 15H 30 min. Comment rencontrer Madeleine ? Cette question restait sans réponse.

Ayant perdu tout espoir de la rencontrer en aparté, Tambada se contentait de la contempler dans toute son âme jusqu'à ce jour samedi, la veille même de l'ouverture de la rencontre des jeunes. Ce samedi, de façon instinctive Tambada n'était pas passé chez son ami Michel. Il pédala vite son vélo et fonça tout droit à la Mission Catholique. Déjà, les quelques étrangers étaient présents dans la cour de la Mission Catholique. Pour vivre et bien mener cet évènement, Tambada avait fait le choix des habits qu'il devait porter. Il avait tout prévu. Il fallait montrer à ces étrangers que lui, Tambada, vivait à Conakry dans la capitale. Tout à coup, il aperçut Madeleine toute seule se dirigeant vers lui. Il n'en croyait pas les yeux. Emu, il fit semblant d'avoir l'esprit concentré sur son vélo qu'il ne maîtrisait probablement plus. Il baissa la tête pour prendre le contrôle des pédales. Madeleine avançait gracieuse et bien parée. C'est l'occasion ou jamais murmura-t-il. Mais comment s'y prendre ? Il paraissait un peu embarrassé. Il tremblait de tout son corps. Que fais-tu Tambada ? Se reprocha-t-il. Lui qui osait parler devant les grandes personnalités ainsi que les centaines d'étudiants pourquoi se ridiculiserait-il devant cette jeune fille ? Il se ressaisit et le voici face à Madeleine. Après un échange de salutations, il lui demanda si elle ne voulait pas faire les répétitions ce jour-là.

— Je veux bien, mais il y a que ce n'est plus au lieu habituel. Nous devons répéter aujourd'hui dans l'enceinte du jardin d'enfants juste en face de l'évêché ».

— Ha ! Ça alors… Cheminons.

Chemin faisant, Tambada ne tarda pas à lui demander la réponse de sa requête introduite par le biais de Michel. Contre toute attente, Madeleine lui demanda de répéter ce qu'il avait confié à son ami à lui transmettre puisqu'ils étaient face à face. Tambada hésita un peu puis avec courage il révéla ses sentiments pour Madeleine. L'amoureux parlait avec tout son sérieux. Et Madeleine, près de lui marchait en faisant très peu attention à ce que disait Tambada. Après son laïus, le silence plana. Les deux compagnons se montraient méfiants l'un de l'autre. Ils s'occupaient plutôt d'observer la nature que d'eux-mêmes. Madeleine semblait s'intéresser à la nature, comme si elle voulait l'interroger. Ils arrivèrent à un étang. Madeleine interrompit le silence en invitant Tambada à faire attention. Quelques instants après, Tambada interrogea Madeleine.

— « As-tu bien compris ce que je t'ai dit Madeleine ? »
— « Oui… mais je te demande de me donner un peu de temps ».
— « Qu'est-ce qui t'empêche maintenant là. Il y a longtemps que tu as été mise au courant de mes intentions. Je crois que tu m'as bien remarqué et tu as enfin décidé… ».
— « Bien sûr, mais je ne peux te répondre sitôt ».
— « Puis-je m'attendre à une bonne réponse ? »
— Laquelle ?
— Le oui, répondit Tambada.

Aucun autre mot ne sortit de la bouche de Madeleine. Ils franchirent la rentrée du jardin d'enfants et se joignirent aux dizaines d'autres jeunes qui attendaient l'heure des répétitions. Tambada n'apprécia sa rencontre avec Madeleine que quand deux fois de suite son regard croisa celui de Madeleine au cours des répétitions.

Le lendemain était dimanche, comme prévu Tambada forma un trio avec ses deux amis malgaches pour continuer leurs visites touristiques. Ils se dirigèrent vers Sinkéfara pour visiter le grand cimetière de Kankan. Tambada ne connaissant pas très bien l'emplacement de ce cimetière. C'est donc après plusieurs demandes qu'ils ont retrouvé l'endroit. Un immense domaine entouré d'un mur de deux mètres de hauteur. Il portait à son entrée un écriteau dont la teneur était : « *Nous étions comme vous, vous serrez comme nous* ». Après la lecture de cette inscription, un climat lourd de tristesse pesa sur le trio. Ils pénétrèrent sans faire beaucoup attention à un attroupement de femmes au portail dont la plupart avaient la tête voilée. Elles attendaient là, silencieuses, dans une attitude de recueillement. A l'intérieur, on remarquait les herbes qui avaient envahi presque tout l'intérieur de la cour ; on identifiait à peine des tombes témoignant vraisemblablement d'un endroit de peu de valeur, institué juste pour se débarrasser des morts. Ensuite, l'inobservance de l'alignement des tombes. Face à cet état de fait, Tambada resta muet, la honte dans les yeux. Quelques instants après, il eut une autre question. Celle de savoir pourquoi ces femmes n'étaient-elles pas entrées pour suivre l'enterrement de leur mort ?

— « Ces femmes sont musulmanes ; l'Islam interdit aux femmes d'entrer dans le cimetière pendant l'enterrement », répondit Tambada.

Leur visite se limita à cela, car Tambada devait retourner à la Mission Catholique pour la réception des jeunes qui venaient d'autres paroisses pour la rencontre (JDJ). Ils prirent la route de la Mission, mais, ils ne trouvèrent aucune trace d'étranger. Ainsi Tambada les accompagna jusqu'au niveau du marché Sogbè. Puis, il rejoignit ses amis ordinaires à la Mission Catholique. Le retour de Tambada coïncida avec l'arrivée de certains étrangers. Il se joignit donc à ses amis pour assurer leur installation.

Après cet accueil, ils se dirigèrent vers le bas quartier accompagnés de certains amis étrangers, histoire de leur faire voir leurs logis ainsi que certaines personnes chères. Ils ne regagnèrent la Mission Catholique que dans les environs de vingt heures. Dès leur retour, Tambada fut informé de la venue d'une petite amie à lui. C'était Marie Thérèse. En effet, ses relations avec cette fille n'étaient plus au beau fixe. Un long moment d'absence avait affecté leur union. Tambada ne pensait presque plus à elle. A l'annonce de la nouvelle, il fut un peu ému et commença à s'interroger. Comment allait-elle l'accueillir ? Etait-elle en forme ? Accepterait-elle sa compagnie durant cette semaine ? Si elle acceptait et la douce Madeleine alors ? Plusieurs questions se bousculaient dans sa tête. Il fit cinq minutes de silence avant de décider de partir la rencontrer. Sur le chemin, il fut informé par plusieurs camarades que Marie Thérèse cherchait à le voir. Il pensa qu'elle l'aimait encore. Il se mit alors à imaginer sa forme actuelle. Sans se faire remarquer, il s'infiltra parmi les camarades de Marie Thérèse. Celle-ci n'était pas dans le groupe. Elle prenait sa douche juste à côté dans une petite obscurité et sa voix leur parvenait rassurante. Elle témoignait à vive voix son envie ardente de revoir Tambada. Ces déclarations amusaient beaucoup ceux qui l'écoutaient. Très tôt elle douta puis comprit que Tambada était présent par les rires exagérés de ses camarades. Elle mit fin à son bain. Alla rapidement s'habiller pour rencontrer son homme. Après les salutations, Tambada l'invita à faire une petite promenade le temps pour lui de la sonder et d'apprécier sa qualité physique. Marie Thérèse était une fille très intelligente, il fit donc très attention à ces propos en sa compagnie.

La saison hivernale était en pleine nature ; il pleuvait presque tous les jours. Mais, ce matin, comme si elle savait l'importance de ce grand regroupement des jeunes, le ciel était clément. Le soleil se leva sans qu'un petit brouillard ne lui tînt tête. Dans la vaste cour de la Mission Catholique de Kankan, se regroupait un nombre important de jeunes venus de toutes les paroisses du diocèse. Le grand hangar aménagé à cet effet, s'efforçait de contenir tous ces jeunes assis par paroisse. La place des officiels, bien apprêtée s'impatientait de l'arrivée des illustres occupants. Tambada était assis avec ses amis ordinaires. Ils affichaient un air sérieux, or en réalité, ils se moquaient des fidèles venus des paroisses de Kissidougou, Gueckédou, Mongo, Siguiri, Mandiana… ils les appelaient les DVV, c'est-à-dire directement venus du village. Ce sigle les faisait beaucoup rire. C'est dans cette atmosphère que Morykandja, le grand frère de Tambada, se présenta à ses côtés et lui tendit deux feuilles format A4 remplies d'écritures puis lui parla à l'oreille. C'était le rapport d'activités de la jeunesse de la paroisse cathédrale de Kankan ainsi que la réponse aux questions spirituelles posées auparavant par l'évêque. Tambada était donc chargé de faire la lecture de ce rapport et répondre aux questions. Ce fut alors à ce moment précis que la concentration s'imposa à lui et cela permit à ses voisins de retrouver la tranquillité. Déjà habitué à de tels évènements, il se familiarisa avec le texte et n'attendait plus que son tour. Il ressentit une grande joie après avoir pris connaissance du texte. C'était l'ultime occasion pour séduire une fois de plus sa belle Madeleine. Il prit la résolution de faire une lecture impressionnante pour émouvoir toute la foule. Mais avant, il voulut localiser Madeleine. En vain, aucune trace de sa présence. Tant pis se dit-il où qu'elle soit, elle me verra sur la tribune et m'applaudira comme tous les autres.

La cérémonie commença par les discours. En premier, celui de l'évêque qui souhaita la bienvenue à tous ceux qui avaient répondu à l'appel avant de dire la portée et le sens d'une telle rencontre. Puis, celui du gouverneur qui souligna les mérites de la Mission Catholique. Enfin, d'autres discours non moins importants mirent fin à cette première partie de la cérémonie. Après ces discours, les invités spéciaux, non catholiques se retirèrent en l'occurrence, le gouverneur et sa suite. C'est alors que les comptes rendus des rapports commencèrent. Les paroisses devaient donc passer à tour de rôle. Tambada fut placé en 5ème position après les paroisses de Faranah, Gueckédou, Siguiri (st Alexis) et Mongö. Après lui venait Kissidougou. La plupart des prédécesseurs de Tambada, qui représentaient leurs paroisses sur la tribune avaient des problèmes de prononciation. Ce phénomène donnait à rire à la bande de Tambada. Ensuite, arriva le moment tant attendu. Voici Tambada à la tribune, tout ce qui pouvait tenir cette foule en haleine était au rendez-vous. L'élégance, l'éloquence qui ne pouvait laisser un cœur sensible sans admiration pour Tambada. Comme souhaité, il fit une sortie très remarquable. Il regagna sa place sous un tonnerre d'applaudissements et d'ovations du public. Ce public découvrait en lui un avenir radieux et une intelligence à respecter. Assis à sa place, Tambada se sentait grandi, tous ceux qui l'entouraient comme amis l'étaient aussi. C'est fini, Madeleine est conquise, se disait-il le cœur plein de joie. Les comptes-rendus terminés, une pause de 30 minutes fut accordée. Incroyable ! En pleine pause Tambada vit Madeleine avancer la tête bien tressée. C'était vrai que ces tresses rehaussaient davantage la beauté de Madeleine, mais cela ne l'intéressait pas pour le moment. Comment le Bon Dieu avait pu accepter cela ? Que pouvait-il faire à l'instant ? Il avait mis tout en œuvre pour faire une bonne prestation dans l'unique but de séduire Madeleine. Hélas !

Madeleine n'était pas présente. Bon Dieu, c'est insupportable. Il eut immédiatement les maux de tête. Tout son corps ressentit l'effet. Il écourta sa pause pour aller prendre place sous le hangar. Peu de temps après, il fut rejoint par Marie Thérèse. Celle-là le taquinait par ses interminables questions d'amour. La fin de la pause sonna, chacun regagna sa place sauf Marie Thérèse. Ne pouvant plus s'adresser oralement à Tambada, elle le fit sur papier :

— « Qui suis-je pour toi Pierre, amie ou amante ? » Pierre était le nom de baptême de Tambada. Elle le glissa discrètement à Tambada. Après lecture ce dernier répliqua.

— « L'amitié, c'est être frère et sœur, deux âmes qui se touchent sans se confondre : les deux doigts de la main. L'amour c'est d'être deux et n'être qu'un. Un homme et une femme qui se fondent en un ange : c'est le ciel. A toi de te mirer, ma chère Marie Thérèse ».

Il le glissa à son tour à Marie Thérèse. Ce jeu leur prit tout le temps de la plénière, les empêchant d'y participer.

A vrai dire, Tambada ne pouvait plus aimer Marie Thérèse, car elle sortait avec d'autres connaissances de Tambada. Certaines étaient même présentes à ces festivités. Mais, il ne savait pas comment le lui dire ouvertement. Il opta pour le semblant avant d'avoir le courage de le lui signifier. Marie Thérèse témoignait d'une grande joie lorsqu'elle était en compagnie de Tambada. Ce dernier aussi s'efforçait d'être aimable pour la circonstance. Pourquoi Marie Thérèse aimait-elle encore Tambada ? Est-ce pour son statut ? Certainement non, parce qu'elle n'était pas par nature ambitieuse. Elle l'aimait sincèrement.

Cet amour, elle voulait l'exprimer à tous. C'est pourquoi un jour elle profita d'une fraîcheur matinale pour emprunter la jaquette de Tambada. Cela fut une aubaine pour elle, de se présenter devant bon nombre de personnes et surtout ses amis, pour leur faire comprendre son lien avec Tambada. Ce comportement déplut beaucoup à Tambada qui n'avait pas pu l'en empêcher. Son éducation lui défendait la violence surtout à l'égard des filles. Malgré ses multiples occupations, il trouvait toujours un temps pour Marie Thérèse juste pour ne pas la décevoir. Tambada avait tout le temps craint la colère de la femme. En plus de son appartenance à deux commissions, il était aussi chargé de collecter toutes les informations de la journée pour les diffuser le lendemain matin par le biais de son frère Morykandja. Son frère collectait et diffusait celles nationales et internationales. Tambada n'assumait pas très bien cette dernière fonction, parce qu'il suivait plus de deux lièvres à la fois. A savoir Madeleine, Marie Thérèse et les activités dans les différentes commissions.

Plus de trois cents jeunes étaient présents et se faisaient diriger par un règlement intérieur bien élaboré. La cause était religieuse. Le calendrier prévoyait les conférences-débats, les ateliers dans la matinée. Le sport et la messe étaient prévus le soir. La nuit, elle, connaissait les activités culturelles et artistiques. Ce programme était respecté par tous. Il faisait faire un mouvement d'ensemble qui, à vue d'œil était spectaculaire. Les activités sportives avaient lieu dans la cour du lycée 3 avril tous les jours à partir de 15 heures. Tambada profita d'un de ces déplacements pour présenter Madeleine à ses amis Malgaches. Ces derniers apprécièrent Madeleine et comme ils étaient sur les engins roulants, il la devança. Comme d'habitude, Tambada alla prendre place à un endroit lui permettant de bien suivre le match en compagnie de ses amis malgaches. Peu de temps après, deux amis les rejoignirent. Puis vint Marie Thérèse. La présence de cette dernière gênait beaucoup Tambada, qui savait que Madeleine serait là dans un court instant. Il se leva et fit semblant de donner des ordres. C'est dans ce jeu de malin qu'il vit Madeleine avancer et prendre place non loin. Il fallait donc éviter que Madeleine soupçonne ou découvre la vérité. Il acheta des friandises et les partagea à toute sa compagnie ainsi qu'à d'autres comme Madeleine. Ce qui lui permit de changer de place. Personne ne comprit ce jeu. Il en était très fier. On ne put dire que Tambada suivit le match avec intérêt dans cette situation. Il ne connaissait que le score. C'était donc difficile pour lui de faire un commentaire sur le match le lendemain.

Le samedi, dernier jour des activités artistiques était le jour où la paroisse cathédrale devait présenter son concert. Cette nuit fut spéciale. Ce fut la nuit aux grands éclats. Après la présentation du concert, le podium revint à Tambada et à ses amis. Ils avaient cinq sketches à présenter. Tambada était avec Michel, son frère Morykandja, Edou, Alexis et Jean. Il y avait des sketches comme « le trompeur trompé », « le sourd-muet », « le soûlard » qui avaient été très ovationnés par le public. Cette nuit-là Tambada savait que Madeleine était présente. Il la distinguait même du podium. Elle était assise entourée de ses copines. Tambada ne se gênait aucunement pas, quand il s'agissait d'exécuter les rôles bizarres. La simulation, c'était sa force quand il était sur scène. Il savait que cela pouvait attirer Madeleine, car les femmes aiment cela. Sa quête de popularité pourrait aussi chuter, s'il s'avisait à s'abstenir d'être bizarre et comique. Durant deux heures, il tenait la foule en haleine. Dès après le dernier sketch,

Tambada de suite enleva ses accoutrements pour vite rejoindre Madeleine. Il ne tarda pas à la distinguer. Aussitôt, il fonça. Madeleine l'accueillit avec un beau sourire avant de lui dire ceci :

— « Tu es un bon comédien, et surtout tu as bien joué ton rôle... tu fais semblant d'être très calme alors que tu sais bien amuser ».

Tambada fut débordé de joie. Son vœu était exaucé, il dit alors merci à Madeleine. Puis, lui demanda si elle pouvait sortir avec lui ce soir-là. Après cette question, Madeleine baissa la tête pour une quinzaine de secondes avant de le fixer. Tambada en profita pour dévorer une fois de plus sa beauté. Il était déjà fier de l'appréciation qu'elle fit de sa prestation sur scène. Il sentait appartenir cette beauté personnifiée. Madeleine était impeccablement habillée cette soirée-là. Tambada ne se doutait pas que c'était une tenue de sortie ni du fait qu'elle n'allait pas sortir cette nuit-là. Il rêvait alors d'être l'heureux cavalier de mademoiselle Madeleine. C'était décidé, il allait faire la volonté de Madeleine cette nuit-là. Fin prêt à accepter et répondre à toutes les sollicitations. Le regard de Madeleine s'acheva par un sourire. Un premier pari était gagné, celui d'usurper le sourire. Ce sourire pouvait durer un siècle, sans que cela ne le dérangeât. Ça ne pouvait au contraire que le soulager et le rendre plus heureux. Mais jamais il ne lui causerait de peine. Il était là en train de jouir de la belle rencontre facilitée par la nuit culturelle, lorsqu'il entendit une voix interpellant Madeleine. C'était la tante de Madeleine. Elle lui ordonna de retrouver les autres membres de la famille pour aller à la maison. Mon Dieu ! Créateur du ciel et de la terre ainsi que nous les hommes. Pourquoi cette interpellation ? Pourquoi lui Tambada ? Pour une deuxième fois, une voix le dépossédait Madeleine. Tambada baissa sa tête, Madeleine l'observait. Puis, il la souleva pour la dévisager. Madeleine lui dit calmement :

— « Tu vois… ma tante ne veut pas que je sorte. Je veux bien sortir aujourd'hui, mais voilà… je suis obligée de rentrer. Veuille bien m'excuser pour ce soir ».

— Quand est-ce qu'on se verra ? Questionna Tambada.

— Demain… répondit-elle.

La jolie Madeleine lui dit au revoir et s'éclipsa dans la foule.

Léger comme une feuille de néré, Tambada marcha lentement pour rejoindre ses amis ordinaires. Peu de temps après, ses amis malgaches vinrent. Ils lui dirent qu'ils l'avaient beaucoup cherché. Ensuite, ils le félicitèrent sincèrement et chaleureusement pour sa bonne prestation sur scène. Leur entretien ne fut pas long comme ils habitaient loin. Ils ont très tôt demandé congé. Avec ses amis ordinaires, il était prévu d'aller en boîte. La boîte de nuit choisie était la Galaxie. Ils décidèrent alors de partir.

Au portail de la cour de la Mission Catholique, était arrêtée Marie Thérèse qui guettait la sortie de Tambada. Tambada lui ne voulait pas sortir avec Marie Thérèse cette nuit-là. Car la nouvelle se répandrait le lendemain et atteindrait Madeleine. Conscient de cela, il attendait une petite occasion pour se débarrasser d'elle. A quelques mètres d'elle, Tambada fut informé par un ami que le copain de Marie Thérèse était dehors attendant qu'il pointe le nez avec elle pour l'agresser. Cette nouvelle fut la bienvenue. Heureusement que Marie Thérèse était aussi informée de cette situation. Tambada passa alors lui dire au revoir. Elle voulut le retarder, mais il ne lui donna pas le temps. Le groupe continua donc sa marche vers la

Galaxie. Cette nuit s'acheva dans de très bonnes conditions.

Le lendemain, tôt le matin il fut réveillé par le ronronnement des motos de ses amis malgaches. Il fit sa toilette, prit son petit déjeuner et ensemble ils se rendirent à la Mission Catholique. La messe de ce dernier jour fut longue et très pathétique. A la fin, les au revoir se donnaient par-ci par-là. Et d'autres apprêtaient déjà leurs sacs. Après, ce fut l'heure du banquet. Tout le monde se dirigea vers le hangar où attendaient les mets. Après le partage des mets, Tambada aborda Madeleine. Au cours de leur conversation, Madeleine lui demanda :

— Et la nuit d'hier, je devine que tu t'es bien amusé ?
— Non ! Pas du tout.
— Mais pourquoi alors ?
— Parce que tu n'étais pas là.

Ensuite, Tambada demanda la suite de sa requête. Elle lui dit d'attendre, puis elle sourit et se sauva.

Les activités juvéniles avaient pris fin à la Mission Catholique. Le mois d'août aussi venait de s'achever. Les fortes pluies avaient laissé place à des pluies éphémères accompagnées des coups de tonnerre. Tambada passait désormais la plupart de son temps chez lui où il recevait ses amis ordinaires ainsi que ses amis malgaches. La présence de ses amis ordinaires donnait l'occasion à de chaudes discussions dont les sujets pouvaient être d'ordre politique, sportif, économique et culturel. Quant aux amis malgaches, ils parlaient de leur pays, et improvisaient des cours de langues nationales. C'était vrai qu'ils n'avaient pas souvent un long temps à passer ensemble, vu leurs différentes occupations, mais à chaque fois que l'occasion leur était offerte, Tambada leur apprenait les différentes langues nationales. Eux aussi, lui apprenaient la langue malgache. Ils consacraient la plupart de leur temps aux promenades, à la découverte...

Un jour, ils se rendirent à Bordo. A Kankan, le quartier Bordo était très grand. Il regroupait quatre secteurs repartis selon la race des occupants. Il y avait Bordo français, Bordo Allemand, Bordo chinois et Bordo africain.

Bordo africain était toujours occupé par les noirs. C'était pourquoi ce secteur baignait dans l'obscurité totale on y trouvait un nombre illimité de cases entre lesquelles germaient les herbes qui abritaient des serpents, des scorpions... Les rues quant à elles étaient jonchées de boues et d'eaux de pluie stagnantes. On pouvait entendre à distance, les coups de pilons comme dans un petit village et aussi, les coqs chanter.

Bordo chinois était habité par les Chinois, jusqu'en ce moment-là certains faisaient des fois surface. Nul ne poserait de questions devant ces infrastructures qui étaient purement d'inspiration asiatique.

Bordo français était celui qui était situé au bord du fleuve Milo. Il ressemblait à une cité comprenant, les habitations et des grands garages. En ces temps-là, l'administration en avait fait sa proie. Toutefois, le passant pouvait y remarquer un dépotoir de vieilles machines et de véhicules usés.

Bordo allemand était l'œuvre d'un technicien allemand. Ce technicien selon les dires des gens était un savant. Celui qui mettait pied dans cette cour ne dirait pas le contraire. Avec une superficie de plus de dix hectares, il abritait l'école nationale d'agriculture et d'élevage (ENAE), certaines usines ainsi que certaines directions administratives. Bordo allemand était un endroit où la tête et les mains avaient beaucoup travaillé. Il fallait être contre le progrès pour dire le contraire.

Certaines personnes trouvées sur place leur confièrent que cet Allemand allait longtemps vivre en Guinée et plus précisément là-bas s'il n'avait pas voulu attenter à la vie du président Ahmed Sékou Touré. Tambada expliquait tous ces faits dans de moindres détails à ses amis. Lesquels ne manquaient pas de questions auxquelles il répondait. De même, eux aussi s'évertuaient à faire les récits de l'histoire de leur pays. Tambada leur posa la question de savoir pourquoi ils portaient des noms kilométriques. Ils lui répondirent que leurs noms évoquaient soit l'origine de l'enfant, soit l'endroit où il était né, soit le mythe qui entourait sa naissance.

Tambada accompagnait ses amis partout où ils voulaient visiter. C'est ainsi qu'ils parcoururent presque toute la ville de Kankan. Les lieux comme l'usine de la briqueterie, l'usine de jus de fruit qui sombraient dans la vétusté. Il eut beaucoup honte lors de la visite en ces lieux. Par contre, les visites dans les lieux comme la grande mosquée, Komarala, Bordo allemand et le quartier aéroport furent une grande fierté pour lui.

La vie de Tambada avec ses amis ordinaires était tout autre. Il y avait toujours des sujets à débattre. En matière politique, chacun tentait de donner un destin à la démocratie de leur pays. Rarement qu'un prenne la part du régime en place. Ils recensaient comme ils le pouvaient les tares de l'administration. Rien ne bouge disaient-ils. Du côté de l'opposition, aucun opposant n'était crédible, présumaient-ils. Car selon eux, nul ne pouvait montrer du doigt ou faire remarquer son apport au développement du pays. Aucun d'eux ne prouvait sa détermination pour la cause de la nation guinéenne. Leurs agissements laissaient comprendre que le pouvoir était visé pour s'enrichir.

    La Guinée est un pays riche de par les richesses du sous-sol, mais sous-développée, pourquoi ? Nous ne manquions de rien : l'or, le diamant, le fer, les cours d'eau, la main d'œuvre... Pourquoi étions-nous donc pauvres ? Notre pays ressemblait à un Magbana qui stationnait à chaque deux cents mètres. Les autres pays étaient des taxis très pressés parce que conscients de leur retard. A qui la faute était-ce au régime qui n'appliquait pas un système de développement efficace ? Était-ce les citoyens qui ne se donnaient pas la peine de s'atteler au travail sinon qu'aux critiques pessimistes ? Sans trêve autour de leur fourneau de thé, ils passaient des heures à faire ces genres de débats. Ils parlaient du championnat allemand, français, italien... Les artistes du moment n'échappaient pas à leurs palabres. Un jour, ils eurent la visite d'un professeur d'université. Ce dernier leur posa la question de savoir quelle serait la solution pour le développement de la Guinée ? Les réponses tombèrent à flots. D'aucuns disaient qu'il fallait un changement de régime. D'autres disaient qu'il fallait non seulement un changement de régime, mais aussi de mentalité. Un dernier intervenant se démarquait par ses deux solutions : la première était de bailler la Guinée aux Américains pour une période de cinquante ans. Et la seconde était de trouver des chicottes pour chaque Guinéen afin qu'il travaille. Un grand rire aux éclats couvrit les lieux. Matongué, un domaine de trois cases et de six manguiers, naturellement calme et paisible était toujours animé par la présence des jeunes du quartier et cela permit à Tambada de passer un agréable moment pendant les vacances.

La fin des vacances s'annonçait imminente. Les parents des vacanciers s'activaient vers les étals de fournitures, d'habits et de cadeaux pour honorer leurs vacanciers. Le soleil retrouvait son éclat puisqu'il succédait à la pluie. Les cueillettes aussi tendaient à leur fin. C'était le moment pour Tambada également de faire ses bagages. Tout s'était bien passé chez lui pendant ces vacances en famille ainsi qu'avec ses voisins. Une seule plainte demeurait : l'affaire Madeleine. Il ne voulait pas du tout quitter Kankan sans entrer en concubinage avec Madeleine. Ce projet lui tenait beaucoup à cœur. Il se mit donc à chercher les voies et moyens pour réaliser son projet. Tambada n'avait jamais mis pied où résidait Madeleine bien que la tante de celle-ci fût une camarade à sa mère. Comment pouvoir exhumer ce lien pour bénéficier d'un bon accueil. Sa visite laisserait deviner la raison de sa présence. Que faire alors ? Tant pis, se dit-il. J'irai un jour rencontrer Madeleine pour obtenir d'elle un rendez-vous. Comme ça, j'assouvirai mon ambition. Cette fin des vacances l'avait éloigné de Michel qui se préparait aussi pour la rentrée scolaire. Il était désormais avec Edou un de ses amis d'enfance, qui était aussi étudiant à l'université Gamal Abdel Nasser. Avec Edou, ils se promenaient sur les vélos. Ils étaient très fiers lorsqu'ils revoyaient leurs anciens fiefs. Les visites étaient rendues aux amis présents et aux familles des amis absents qui avaient effectué un déplacement pour les vacances.

Après une résolution ferme de passer voir Madeleine, il fit d'abord le récit de sa rencontre avec Madeleine avant de proposer à Edou une brève visite chez cette fille. Edou répondit favorablement. Heureusement pour Tambada, Edou se connaissait avec la tutrice de Madeleine. Ce fut un grand soulagement. Ils trouvèrent Madeleine en train de faire la cuisine. Après les salutations, ils prirent place. La tutrice reconnut Tambada, il lui demanda les nouvelles de sa mère.

— Rien de mal, elle se porte bien.

La même question fut posée à Edou qui répondit pareillement. Les causeries étaient insipides, car, il n'y avait pas de sujet à débattre. Ils étaient tous deux à leur première visite. Les nouvelles de famille terminées, aucun autre mot ne fut échangé. Il fallait trouver un sujet, c'est ainsi que Tambada fit savoir qu'il ne vivait plus à Kankan, mais à Conakry et qu'il poursuivait ses études à l'université. Dès après cette phrase, la causerie fut animée. Cela parce que Conakry était une ville où chacun avait un parent. La bonne dame se mit à égrener un chapelet de noms de parents et amis à Conakry. Tambada devint donc important, il reconnaissait certains et d'autres non. Madeleine était à la cuisine de temps en temps passait par le salon pour chercher je-ne-sais-quoi dans une chambre. Tambada donnait un léger coup de pied à Edou à chaque passage de Madeleine. Il avait grande envie de lui adresser la parole, mais, la présence de sa tante l'en empêchait. Il continua alors à recevoir les interminables questions de la tante. Il la suivait en cherchant les moyens à pouvoir isoler Madeleine. Il savait qu'en allant la tante les accompagnerait, il n'aurait pas alors le temps de faire passer le message. La solution ne tarda pas à venir, la tante fut appelée par une voisine. Tambada saisit l'occasion. Il demanda d'abord de l'eau à boire. Madeleine voulut commissionner un enfant, Tambada s'opposa en disant :

— Si tu ne le fais pas toi-même, je ne boirai pas !

Madeleine demanda pardon et s'exécuta. Après il s'assura si sa visite plaisait à Madeleine.

— Ta visite me plaît. Mais, il y a que ma tante ne sera pas contente quand elle saura l'objet.
— Ne t'inquiète pas, elle ne le saura jamais. Répondit Tambada.
— Ainsi soit-il ! soutint Madeleine.
— Madeleine, je voudrais un rendez-vous avec toi. Sollicita Tambada.
— Ah bon, quand ? Questionna Madeleine.

La tante fit sa rentrée et au même moment Edou venait de finir de boire. Il tendit le gobelet à Madeleine qui le prit et disparut dans une chambre. Un instant après, Tambada demanda la route. Comme il l'avait imaginé, la tante se leva pour les raccompagner. Les autres y compris Madeleine, restèrent assis pour dire au revoir. Dix pas après que la tante leur eut dit au revoir, Edou confirma la qualité physique de Madeleine. Il conseilla son ami de poursuivre, de ne pas se décourager. Et que lui-même se mettrait à son entière disposition pour quoi que ce soit. Tambada en était fier. Ils pédalèrent leurs vélos jusque chez Edou. Là, Tambada fit une comédie qui fit beaucoup rire la mère et les frères d'Edou. Après quoi, il regagna sa famille. Le bilan de sa visite chez Madeleine n'était pas satisfaisant, car, il n'avait pas obtenu de rendez-vous. Il ne prit pas assez de temps en famille. C'était vrai qu'il avait pu dialoguer avec Madeleine et avoir son sourire, mais l'essentiel n'était pas fait. Il se sentait mal à l'aise. Il préféra alors sa chambre. Avec ses vacances qui tiraient à leur fin, il n'était plus possible que Tambada s'éclatât comme il le voulait avec Madeleine. Conscient de cela, il eut l'idée de profiter dans le quartier comme il le faisait avant de découvrir Madeleine. Aucune fille ne restait indifférente à Tambada. Il choisit les meilleures pour rendre agréables les vacances finissantes. Malgré tout Tambada n'était pas à l'aise, quelque chose lui manquait ; c'est bien cette Madeleine qui demeurait toujours sur ses réserves. La solution pour conquérir Madeleine lui échappait vraiment.

Tambada n'avait plus qu'une semaine à passer à Kankan, il décida de se consacrer à sa famille. Il mit donc fin à toutes ses promenades. Tous ceux qui voulaient le rencontrer devaient se rendre dans sa famille. La joie de sa présence permanente se lisait dans le regard de tous les membres de la famille. Tambada parlait à son auditoire composé des membres de sa famille et des visiteurs, de la cherté de vie à Conakry. Des souffrances rencontrées dans cette capitale : le manque d'eau, d'électricité, de latrine… dont les citoyens étaient victimes. Le récit de Tambada demeurait incroyable pour la plupart de ceux auxquels il s'adressait. Ils pensaient que Tambada le disait pour les dissuader d'aller à Conakry. Ils lui posèrent la question de savoir pourquoi les gens ne quittaient pas malgré tout.

— « C'est parce qu'ils ont honte de retourner ici plus bredouilles qu'ils ne l'étaient avant de vous quitter. Ces malheureux préfèrent souffrir là-bas que de revenir. J'en connais plein qui mène une vie pitoyable là-bas. Ils n'ont même pas où dormir. Je sais que vous considérez Conakry comme un paradis, je n'en disconviens pas, mais ce n'est pas sur tous les plans. Beaucoup de personnes préfèrent la vie d'ici que celle de Conakry. La vie est encore plus belle ici que dans la capitale. La capitale ne sert qu'à celui qui a un emploi. C'est vrai que c'est une grande ville où il y a des contacts, mais il faut avoir une bonne occupation pour pouvoir profiter de cela. Certains le comprenaient, d'autres étaient convaincus malgré eux, donc gardaient toujours leur position. Un jour Tambada reçut la visite de Michel. Dès qu'il l'aperçut, il crut qu'il était venu lui donner la réponse de la part de Madeleine. Mais durant toute leur causerie Michel ne parla pas de cela. En partant l'accompagner, Tambada lui demanda à propos. Michel lui répondit qu'il y avait une semaine de cela qu'il ne s'était pas vu avec Madeleine. Il le chargea de rencontrer Madeleine et de lui dire qu'il quitterait Kankan le mardi. Michel ne fit pas la commission et Tambada ne se vit avec Madeleine que le lundi. Il lui parla de son voyage qui aurait lieu le lendemain. Madeleine ne trouvait pas assez de mots à dire. Elle tira de son porte-monnaie un bout de papier sur lequel elle coucha son adresse. Tambada fit de même. Ils échangèrent ces bouts de papier puis se regardèrent un instant dans les yeux avant de se séparer. Tambada pédala son vélo lentement avec le cœur serré. Il se séparait d'un être qu'il aimait beaucoup. Quelques mètres après, il s'arrêta pour regarder Madeleine qui s'éloignait en marquant des pas qui faisaient admirer son arrière-train.

— Je ferai tout pour t'avoir, murmura-t-il.

Une parole de salutation le tira de cette rêverie, c'était un ami. Ils se saluèrent chaleureusement puis il continua. Tambada ne prit pas de temps en ville, il fit juste quelques achats et regagna sa famille. Là, ses amis malgaches l'attendaient. Ces derniers lui réservèrent une surprise qui consistait de s'éclater avec lui toute la nuit ; puisque c'était sa dernière nuit de vacance. Un vrai otage pour Tambada. Ils firent tout ce qui était en leur pouvoir. Tambada ne pouvait dire non, il se mit donc au pas. Cette nuit fut très belle.

Le lendemain, tôt le matin, il fut réveillé par sa mère qui lui donna d'innombrables conseils et bénédictions. Il l'accompagna jusqu'à en famille et en profita pour dire au revoir à ses frères et sœurs ainsi qu'à certains voisins. Après toutes ces obligations morales, Tambada prit la direction de la gare routière en compagnie d'un groupe d'amis et de frères. C'est ainsi que Tambada quitta Kankan, capitale de la Haute Guinée. La ville dominée de motos et de vélos. Dans le taxi qu'il avait emprunté pour Conakry, il aurait bien voulu retracer le scénario des vacances. Mais en vain, l'ambiance de la nuit précédente lui vola son éveil.

Il regagna Conakry le matin de bonne heure sous une fine pluie. Il remarquait quelques personnes sous leurs parapluies en train d'attendre une occasion pour se rendre en ville. Le climat matinal se ressentait par le caractère de tranquillité, de fraîcheur et d'accalmie. La circulation était encore libre et les chauffeurs en profitaient pour rouler à grande vitesse. Tambada était content d'être arrivé sain et sauf. Car les accidents sont fréquents sur les routes pendant ces vacances. Il s'était fait assez d'idées avant le départ de Kankan. Ces accidents qui ont pour cause l'exiguïté des voies, l'excès de vitesse et la pluie, qui rendait la chaussée glissante, faisaient assez de victimes sur les routes.

Kéloua était déjà à Conakry depuis deux semaines. Il attendait impatiemment son alter ego. Très ennuyé par l'absence de ce dernier, il s'était plongé dans la lecture.

En effet, Kéloua avait passé de très bonnes vacances, il voulait donc raconter cette odyssée à son ami Tambada, revivre ses aventures de manière abstraite les vacances avec celui avec qui il parlait d'habitude de ces genres de situations. Kéloua s'impatientait de l'arrivée de Tambada comme le crépuscule pour le musulman pendant le mois de ramadan. Nul ne pouvait apprécier à sa juste valeur la prouesse de Kéloua pendant sa période de vacances. L'attente de Kéloua prit fin ce matin-là quand Tambada le tira de son sommeil matinal. Kéloua dormait ce jour-là comme s'il s'était privé de deux nuits sans sommeil. Il dégustait une grâce matinée que lui seul pouvait apprécier. Il dormait profondément. En effet, Kéloua reprenait en rêve son périple pendant les vacances et cette fois-ci avec moins d'ailleurs. La seule personne qui pouvait le réveiller sans qu'il n'en fasse une dispute était celle qui l'avait effectivement réveillé c'est-à-dire Tambada. Il n'en croyait pas ses yeux. Tambada était là assis sur le lit en train de le regarder ; la scène était pathétique. Après les accolades et les salutations d'usage, Kéloua prit son bain. Tambada avait apporté certains colis qu'il devait remettre aux destinataires. L'occasion était ainsi offerte aux deux amis de se faire les différents comptes rendus des actes posés pendant les vacances. Kéloua fut le premier à prendre la parole.

— Mon ami, j'approuve et confirme l'estimation à 52 % de population féminine en Guinée. Cette réalité m'amène à te conseiller la maîtrise de soi-même, la finesse dans la sélection des compagnes et la variation en cas d'insoumission. J'étais débordé ces vacances mon cher ami. Les gos, il en avait à flot.

— Es-tu au courant des attaques dont est victime notre pays ?

— Oui, répondit Tambada.

— Et bien ! C'est un grand complot qu'il faut prendre au sérieux. La Guinée est sérieusement menacée. La famille guinéenne perdra beaucoup de ses biens et plusieurs de ses membres, déclara Kéloua.

— Où as-tu appris cela ? s'enquit Tambada.

— Je l'ai appris à N'zérékoré, à une heure très tardive, dans un bar géré par un ami.

Tambada fit semblant de ne pas prendre en considération, les dires de Kéloua bien que ce dernier le veuille, car ce fût une réalité.

Le silence plana. Puis, Kéloua invita son ami à vider lui aussi son sac. Cette sollicitation fit tressaillir de joie le cœur de l'amoureux de la charmante Madeleine. Sans attendre longtemps, Tambada se mit à narrer son aventure qui avait pour principal sujet cette Madeleine. Les commentaires étaient tels que Kéloua émit à l'instant l'ardente envie de rencontrer cet ange. Tambada parlait comme un commentateur qui a bien maîtrisé son sujet. Et, Kéloua qui finit par être dompté par l'éloquence de son ami s'inculpa parce qu'absent au moment des faits.

La fin des comptes-rendus coïncida à la fin de la remise des colis aux différents destinataires. Les deux amis très épuisés trouvèrent nécessaire de se quitter pour se revoir le lendemain matin.

La nuit tombée, conscient de sa fatigue, Tambada préféra le lit aux différents camarades et connaissances qui venaient pour s'enquérir des nouvelles des leurs à Kankan.

Dans son lit Tambada était couché, mais ne dormait pas. Il pensait à cette attaque rebelle. C'était vrai que Tambada n'avait jamais connu la rébellion armée, mais il en savait beaucoup sur elle. Tous les Guinéens savaient quelque chose sur la rébellion armée. Car, ils en ont payé les frais en recevant des milliers de réfugiés de rébellion des pays voisins. Tambada n'ignorait donc pas les méfaits. Il ne se doutait pas aussi que nul ne pouvait être à l'origine sinon les fils de la nation. Conscient donc de tout cela, il se mit à monologuer.

— « Pauvre Guinée, ma patrie, voici une fois de plus la peine que veulent te faire subir tes propres fils.

Tu n'as pas le choix, sinon tu aurais dit non comme le 28 septembre 1958

Alors, dis-leur que ce sont eux qui souffriront ; le berger peut être mécontent, mais la victime c'est bien sûr la brebis qui sera égorgée ;

Dis-leur que la Guinée vivra toujours, mais que c'est les Guinéens qui souffriront pour toujours.

Ma Guinée, tu ne mérites ni guerre ni famine...

Tu nous as tout donné ; l'or, le diamant, la bauxite, le fer...

Ta récompense doit être la paix, la joie, le développement...

Il est vrai ma chère patrie que si...

Si un seul de tes fils traduisait tes aspirations au moment où tu comptais sur lui, le monde entier serait venu vers toi, tu serais la reine du monde.

Si on avait pris soin de ta richesse inépuisable, l'humanité téterait ton sein. Sans aucun doute, tu serais cette bonne mère qui donnerait tout pour le bonheur de l'humanité.

Combien de feux de guerre as-tu éteints à travers le monde et surtout en Afrique ? Juste pour que la paix soit à la portée de tous et que tous vivent dans le bonheur.

Combien de fils as-tu envoyés lors des guerres mondiales.

Combien de tonnes de vivres as-tu expédiées juste pour sauver des vies qui en avaient ardemment besoin.

Nul n'ignore ta lutte pour l'unité de l'Afrique, le continent berceau de l'humanité.

Que tu as le cœur plein d'amertume ma chère Guinée.

Que tu as le sang noirci par l'effet de tes fils malintentionnés qui cherchent à satisfaire les sales besognes en te faisant souffrir,

Sèche tes pleurs ma Guinée natale, ils ne pourront ni t'ébranler ni t'humilier, tu es havre de paix et tu le resteras éternellement ».

Tambada, vrai patriote ne voulait vraiment pas entendre les coups de feu sur le sol de son pays. Selon lui, la Guinée devait être la terre promise d'Afrique si les Guinéens l'acceptaient. Il continua donc son monologue.

— « La Guinée ne manquait de rien. Le Guinéen avait tout à sa portée. Il y avait les ressources humaines et les ressources naturelles, la flore, la faune, les terres cultivables…mais il souffrait. Tous les indicateurs du développement en baisse. La pauvreté était omniprésente. Tout le monde se plaint alors que, tous pouvaient être satisfaits. Il était inadmissible que le Guinéen vive malheureux. Il était intolérable de voir la Guinée indépendante depuis 1958, continuer à tendre la main à l'occident. Alors que les pays qui avaient été indépendants après elle ne le faisaient plus ou s'ils le faisaient, à un taux très faible. Nous, Guinéens, étions fiers d'être les premiers à réclamer à cor et cri notre indépendance et à l'obtenir. Maintenant nous avions honte de nous réclamer Guinéens aux yeux du monde. Nous étions incapables de s'y prendre dans les richesses que la Providence a bien voulu mettre à notre disposition pour ne pas souffrir. Depuis l'indépendance jusqu'à nos jours, nous continuions à attendre que celui qui nous donna le mont Nimba, le fleuve Niger, l'or, la bauxite, le diamant et le fer vienne nous faire les autoroutes, les buildings, les usines, les échangeurs, nous donner de l'eau et l'électricité, nous donner à manger et à boire…Au moment où la population s'attendait à ce miracle, nos responsables eux, balayaient le peu que nous avions. Dommage !

On nous parlait de séminaires, d'ateliers, de tables rondes, de foras qui devaient servir de processus de développement, mais hélas et en vain ! Nos seigneurs en profitaient pour valoriser leur avoir. Pitié pour ce peuple, mon peuple, le vaillant peuple de Guinée. Dieu, miséricordieux, donne-nous le salut. Le salut qu'on nous avait promis en nous faisant dire non le 28 septembre 1958. Malheureusement pour nous, les vertus du NON n'avaient pas été respectées. Le NON qui devait nous libérer nous avait emprisonnés au camp Boiro, fusillés, exilés et continuait à nous faire vivre dans la famine, la pénurie d'eau et d'électricité…

Le NON aurait été pour nous un chemin digne si l'on entretenait au mieux nos rapports avec l'Occident ainsi qu'avec nos voisins. Mais cela n'avait pas été la préoccupation d'alors. On cherchait plutôt à démanteler les complots contre le régime que de doter le pays d'un système ou d'un processus efficace de développement. Une décennie après le NON, les Guinéens résidents ne voulaient-ils pas tous abandonner leur patrie ? Et les non-résidents avaient-ils envie de revenir au bercail ? Quelle indépendance ! Nous qui étions encore dans le pays ne voulions-nous pas le quitter pour ne pas mourir de nervosité, de misère d'asphyxie, d'étouffement, de sous-développement, de tyrannie, de dictature ? Ceux qui avaient eu la chance en ces derniers temps de sortir du pays ne souhaitaient plus retourner, revenir au bercail même à la demande de nos ''seigneurs ''.

Mais comme l'ont dit les sages : « le petit enfant le plus insupportable, et le guerrier le plus infatigable finissent toujours par s'endormir ». Tambada s'était endormi en laissant la destinée de sa nation aux mains de son Dieu.

Depuis cette nuit, Tambada n'avait plus la sérénité dans son cœur. Bien que le sort de la Guinée ne pouvait être comme celui du Liberia, du Congo, du Rwanda,... mais sans doute des pertes en vies humaines, d'importants dégâts matériels s'enregistraient. Tambada vivait donc dans cette atmosphère dont l'agent vecteur est bien sûr son ami Kéloua. Toutefois, seule la présence de Kéloua pouvait lui faire oublier cette situation. Une fois avec Kéloua, Tambada était au comble de ses désirs. Il assurait tout, ce Kéloua il était bavard, comique et malin, mais sa compagnie l'éloignait de tout besoin matériel et de distraction. Kéloua était toujours prêt à raconter une blague à un ami quand celui-ci était stressé ou quand il était très content lui-même. Kéloua avait une vision très particulière de la vie. Selon lui, rien ne servait à se frustrer, à se bouder ou à se battre. Il trouvait la vie meilleure, dans l'entente, la joie, la bonté, l'ouverture d'esprit et l'entraide. La paix, elle, était son credo de tous les temps. C'est lui qui aimait dire à son ami qu'on ne sent la petitesse d'une famille que lorsqu'on est en désaccord avec un ou deux membres de cette famille.

Très sage, Kéloua pesait la teneur de tous les actes qu'il posait, ce qui rendait sa conduite exemplaire aux yeux de toute personne qui le connaissait. On les citait en exemple, Tambada et lui, dans bien de cas. Le succès s'acquiert très souvent par la qualité de l'acte. La bonne conduite est l'arme la plus affûtée pour transcender les barrières de la vie. Ces leçons étaient très connues par Kéloua et il veillait à leur bonne application.

Un mois passa, puis deux sans aucune nouvelle de Madeleine. Tambada commença donc à l'oublier. C'est seulement les échos des attaques rebelles dans cette région du sud de la Guinée qui faisaient revenir l'image de Madeleine dans l'esprit de Tambada. Il demeura donc dans cette situation jusqu'au mois de décembre. C'est exactement le 25 décembre, contre toute attente, dans la cour de la Mission Catholique Saint Michel de Coléah que Tambada aperçut Madeleine. Juste au moment où les fidèles se donnaient la paix sous l'ordre du prêtre. Aucun doute sur la personne vue, c'était effectivement Madeleine. Une sorte d'agitation s'empara de Tambada. Il se mit à sourire involontairement et à monologuer impertinemment. Celui avec qui il était assis sur le même banc lui demanda à mi-voix ce qui n'allait pas.

— J'ai vu quelqu'un qui m'est très cher.
— Mais, reste donc tranquille puisqu'il ne reste plus grand-chose pour la fin de la messe, répliqua ce dernier.

Madeleine était assise à un endroit où l'on pouvait bien apprécier sa qualité physique. Peu à peu Tambada retrouva sa sérénité et souhaitait désormais que Madeleine le vît avant la fin de la messe. Il savait pertinemment qu'à cause du nombre de fidèles réunis à l'occasion de cette fête de Noël, il risquait de perdre l'occasion de rencontrer Madeleine. Toute son attention était dès lors portée sur elle afin de profiter d'une de ses œillades pour lui faire signe de sa présence. Ce souhait se réalisa quelques instants plus tard. En effet, Madeleine, debout avait un mouchoir en main qui tomba par mégarde. Comme par enchantement, s'étant donc courbée pour la ramasser elle jeta un regard hasardeux qui tomba sur Tambada. Dès lors, Madeleine ne cessait de fixer la place qu'occupait Tambada. Une distance de cinq mètres seulement les séparait. Tambada marcha précipitamment pour la joindre après la messe. Après les accolades et salutations, Tambada lui exprima sa joie de leur rencontre. Ils se donnèrent les différentes adresses et se quittèrent. Rien ne fut aussi merveilleux pour Tambada ce jour-là que cette rencontre. Ce fut le plus grand cadeau de père Noël cette année-là. En tout cas, Tambada ne pouvait dire le contraire.

Madeleine résidait dans le quartier Matam précisément aux alentours du carrefour Constantin. Ne pouvant retrouver l'endroit par les indications données par Madeleine, Tambada sollicita l'aide d'une fille qu'il connaissait bien et qui habitait elle aussi le même secteur. Heureusement que celle-ci connaissait la famille d'accueil de Madeleine. La famille de Madeleine avait fui les attaques rebelles à Kissidougou. Aidés par cette fille, Tambada et Moussa son compagnon du moment se rendirent chez Madeleine. Ils furent bien reçus grâce à la présence de Moussa, qui était un ami de promotion à une des sœurs de Madeleine. Les deux visiteurs furent donc accueillis dans le salon de la famille où une partie des membres suivait une série très prisée en ce moment. Ce fut à la fin de cette série que les conversations s'engagèrent. Moussa demanda les nouvelles de ses connaissances. Mais, il ne put être éclairé sur ce sujet, car la famille de Madeleine, comme des centaines d'autres avait quitté précipitamment Kissidougou pour ne pas être la proie des assaillants. Aucune nouvelle des parents, des amis et des connaissances ne pouvait être donnée avec certitude. Alors, les causeries s'orientèrent sur la psychose provoquée à Kissidougou par l'annonce des attaques rebelles. Les différents récits les transformèrent en une véritable bande d'hilares. Tambada avait pris place à côté d'une des sœurs de Madeleine. Cette position lui imposait la sérénité. Ainsi, il faisait attention à tout le monde. Il ne devait rien exagérer, il posait ses actes sagement. A chaque fois qu'il en avait l'occasion, il jetait un coup d'œil en direction de Madeleine qui ne prêtait aucune attention à sa présence. Elle préférait regarder la télé et donner les réponses aux questions qui lui étaient posées. Après plus d'un quart d'heure de causerie, Tambada fit signe à Moussa pour le retour. Ils demandèrent donc à repartir. Un bon nombre de personnes sortit pour accompagner les deux visiteurs. Ils firent quelques pas, puis laissèrent le soin à Madeleine et sa sœur de faire davantage. Moussa qui avait sans doute beaucoup de choses à dire à la sœur de Madeleine marcha plus en avant avec cette dernière. Tambada resta derrière avec Madeleine. Moussa n'avait fait que le souhait de Tambada. Ce fut donc une nouvelle occasion offerte à Tambada pour conquérir le cœur de la belle Madeleine. Il commença, pour introduire la causerie à deux, par lui demander si elle était contente de sa visite. Elle répondit qu'elle ne pouvait éprouver un sentiment contraire puisque Tambada était venu la saluer et non pour lui faire du mal. Tambada fit semblant de sourire puis Madeleine enchaîna en demandant les nouvelles de sa famille :

— Tout va bien en famille, lui répondit-il.
— Et tes amis malgaches ?

— Ah ! Damien et Georges, ils sont partis.
— Où ça, chez eux à Madagascar ?
— Non, en Côte-d'Ivoire pour des études.
— Et toi tes études, ça va à l'université ?
— Oui, tout va bien.

Toutes ces questions n'engageaient à rien Tambada qui voulait plutôt savoir si Madeleine l'aimait. Et Madeleine, consciente de cela ne lui donnait pas l'occasion d'en parler. Ce fut ainsi qu'ils arrivèrent à la plaque. Tambada émit l'intention d'y revenir prochainement. Madeleine approuva. Aucun autre mot de plus puisqu'ils étaient déjà en face des deux autres qui les attendaient. Ils se dirent au revoir et se séparèrent.

Un jour, Tambada se présenta chez Madeleine seul faisant semblant d'être de passage. Il ne fit que dix minutes et demanda à repartir. Sans lui proposer de rester encore quelque temps, Madeleine se leva pour l'accompagner. En cours de route, Tambada sollicita la visite de Madeleine chez lui. Madeleine prit un petit temps de réflexion puis donna son accord en précisant le jour et l'heure. Tambada devait donc venir la chercher et ensemble, ils iraient chez lui.

Ce rendez-vous bien qu'important, donnait de la peine à Tambada. Car, il était du genre de garçons qui n'aimaient pas beaucoup fréquenter les petites amies. Il trouvait mieux que celle-ci se déplaçât pour le trouver à domicile. Mais, il se trouvait que Madeleine n'était pas encore devenue sa petite amie. Et d'ailleurs, est-ce qu'elle pourrait l'être ? Tout dépendait de Madeleine. Tambada suivait le rythme avec le souhait qu'il soit accepté par elle. Toutefois, le rendez-vous était pris. Le jour convenu Tambada se présenta. Contre toute attente, Madeleine était absente. En effet, elle était partie accompagner sa sœur quelque part. Cette information lui fut donnée par une femme que Tambada avait trouvée là lors de sa visite précédente. Mais, ses manières ne lui plaisaient pas. Il la trouvait présomptueuse surtout à son égard. Cette femme aimait beaucoup observer Tambada et ce dernier supportait mal ce comportement. C'est pourquoi il sollicita aussitôt le chemin du retour. Heureusement pour lui, Madeleine avait confié la mission de le recevoir à une jeune fille qui l'interpella. Il prit alors place pour attendre son retour. Le quartier avait subi en ce moment une coupure d'électricité. Et avec la chaleur du moment, on ne pouvait se permettre de recevoir un hôte au salon. Il fut donc accueilli dehors sous l'ombre d'un bâtiment voisin. Quelques minutes après, l'électricité fut rétablie, la jeune fille conduit alors Tambada au salon afin de pouvoir garder patience en suivant des programmes de la télévision. Cette option fut la meilleure, car l'attente était longue, mais pas fatigante. Madeleine ne revint qu'à 19 heures. Il faisait déjà nuit et Tambada était certain que Madeleine n'aurait plus d'argument à placer devant ses parents pour sortir. Sans perdre du temps inutilement, il demanda à partir. Madeleine sortit pour l'accompagner. Elle était consciente du tort qu'elle avait fait à Tambada. C'est pourquoi sans attendre qu'il ne dise mot, elle lui présenta ses excuses. Le pardon fut accepté et de même, Tambada fit savoir la crainte et la haine qu'il avait pour cette femme qui l'avait reçu en premier. En entendant Tambada prononcer ces mots, Madeleine s'arrêta brusquement et baissa la tête. Constatant cela, Tambada revient vers Madeleine qu'il avait devancée de quelques pas. Sans doute, ce qu'avait dit Tambada ne plut pas à Madeleine et à l'instant même Tambada semblait voir sa chance s'envoler. Ce qu'il venait de prononcer était indigne de lui.

Comment pouvait-il tenir des propos malsains à l'égard d'une parente de cette Madeleine qu'il aimait ? Tambada voulut tout de suite se mettre à genoux pour demander pardon à Madeleine. L'ayant donc rejoint, il la prit par l'épaule pour savoir ce qui n'allait pas. Madeleine le regarda tout droit dans les yeux comme le jour de leur présentation l'un à l'autre. Elle fit un signe de négation par sa tête avant de déclarer :

— Tambada si tu savais combien cette femme t'admirait, tu solliciterais vivre avec elle. Toi qui refuses de passer même une minute avec elle. Elle dit toujours du bien de toi. Ne l'appelle même plus femme. Appel-la Tante. C'est la femme de celui qui nous a accueillis ici. Cette femme ne cesse de flatter ton calme, ton mode vestimentaire, ton élégance et ta beauté. Selon elle, tu es meilleur que tous ceux qui viennent derrière les jeunes filles d'ici. C'est grâce à elle que les autres filles commencent à s'occuper de toi à mon absence. Mais Tambada, je ne te comprends pas comment oses-tu juger quelqu'un sans l'avoir connu suffisamment ?

— Madeleine, l'apparence est trompeuse. Elle ne me l'a jamais prouvée. Une réserve de sa part a toujours couvert mes visites. C'est pourquoi j'ai gardé une dent contre elle. Mais comme c'est ainsi, elle est mon avocate auprès de toi et auprès de la famille, je te demande pardon et je veillerai désormais à la couvrir de respect et de gentillesse.

Madeleine fut très compréhensive à l'égard du fautif. Ils firent donc la paix et continuèrent à d'autres causeries. Tambada réitéra son intention de flirter avec Madeleine. Et comme toujours elle lui répondit d'attendre. Pouvait-il encore attendre ?

— Attendre quoi Madeleine ? Sois rassurée que je t'aime. Pense donc à tout ce que je déploie pour être en face de toi. Depuis que je t'ai rencontrée, je ne cesse de penser à toi. Tu le sais bien ! Je fais mon possible pour être avec toi. Depuis Kankan jusqu'à maintenant, je cherche à te faire savoir l'amour que j'aie pour toi.

— Ne me le fait pas savoir Tambada ! Tu as une copine occupes-toi d'elle. Vous êtes insatiables vous les garçons. Tous pareils, prêts à dire ce même mot à toutes celles qu'ils rencontrent.

— Madeleine, je suis sincère, ce que je ressens pour toi est hors du commun. J'ai un amour fou pour toi. Je n'arrive pas à me ressaisir, voilà pourquoi je suis encore à ta suite. Si je pouvais vivre après notre rencontre sans toi, je serais à l'heure-là chez moi.

— Vaut mieux rentrer chez toi. Ne laisse pas ta petite amie à cause de moi qui suis venu faire quelques jours seulement ici et retourner chez moi après, s'il plaît à Dieu.

— Où que tu sois Madeleine, moi je t'aime et je t'aimerai. Je pourrai te rejoindre le moment venu. Ne me parle pas de petite amie. Si j'avais celle que j'aime je ne serais pas ici devant toi. Je serais avec elle. Accepte de sortir avec moi, car je t'aime de tout mon cœur.

— Tu le fais pour ton intérêt. C'est pour profiter de moi que tu es devant moi. Avec toutes ces filles que je vois à longueur de journée, c'est impensable que tu ne puisses te trouver une que tu aimes. Je ne supporte pas partager un amant, c'est pourquoi je préfère rester seule.

— Tu n'en seras jamais victime. Je te le promets, tu n'es pas faite pour souffrir. C'est pourquoi Dieu t'a créée belle. Tu seras couverte de bonheur à la mesure de mes possibilités, s'il plaît à Dieu. Que Dieu me garde de te faire ce qui te déplaît.

C'est ainsi qu'ils conversèrent jusqu'au niveau d'un manguier à quelque dix mètres de la plaque d'embarquement. Arrivés sous ce manguier, ils s'arrêtèrent pour poursuivre leurs causeries sous forme de questions-réponses. Après assez de tractations, Madeleine répondit enfin positivement à la requête de Tambada. Elle le fit avec un grand sourire d'admiration pour Tambada. Après cette réponse, elle ne prit plus de temps, elle donna le jour où Tambada pourrait revenir la chercher. Le lendemain, Tambada fit le compte-rendu à Moussa son compagnon du moment. Puisque Kéloua était en déplacement sur Kindia. Moussa loua la persévérance de Tambada et l'invita à mériter la confiance de Madeleine. Tambada était confiant en lui-même. Il se comparait même au lion, le roi de la forêt. Son succès, pensait-il, était semblable à un grand triomphe comparable à la victoire de David sur Goliath, de Samson sur le lion... Toutefois, l'inquiétude de Madeleine en ce qui concernait l'existence d'une autre fille dans la vie de Tambada était fondée. Tambada avait effectivement une petite amie. Mais, l'amour qu'il avait pour Madeleine l'avait tellement possédé qu'il se sentait seul au monde.

Tambada se rendit le jour convenu chez Madeleine afin de venir lui montrer sa concession. Comme pour le premier rendez-vous, Madeleine n'y était pas. Cette fois-ci, Tambada profita pour bien causer avec cette femme qu'il avait auparavant mal jugée. Madeleine ne tarda pas à venir. Dès son arrivée, elle demanda aussitôt à Tambada de partir ensemble puisqu'elle avait d'autres missions à remplir après. Ils se rendirent donc chez Tambada. Mais, elle ne mit pas assez de temps. Très tôt elle s'excusa, car ayant d'autres obligations. Aucune objection à ses paroles, Tambada l'a raccompagna. Avant de se séparer, Madeleine lui promit de revenir le lendemain à 16 heures. Tambada mit alors tout en œuvre pour rendre agréable cette visite.

A l'heure indiquée, Madeleine se présenta bien endimanchée. Il la reçut au salon et lui offrit un jus. Un instant après, il l'invita dans sa chambre. Là, ils prirent place au lit. Et, Madeleine ne tarda pas à s'allonger dans le lit. La partie semblait alors bien commencée. Sans doute, il s'offrirait une belle soirée, pensait-il. Il s'allongea lui aussi à côté d'elle. Ils firent une dizaine de minutes en train de parler de tout et de rien. Puis, il eut quelques minutes de silence. Tambada en profita pour l'embrasser. Comme Madeleine ne s'opposait pas, il reprit en mettant un peu plus de temps. Toujours sans riposte, alors les caresses s'en suivirent. Après quelques minutes de caresses, Tambada demanda à Madeleine de se déshabiller. Elle s'opposa.

— Pourquoi tu ne te déshabilles pas ? questionna Tambada.

— Parce que je n'ai pas été avertie ! répondit Madeleine.

Tambada voulut la supplier, mais hélas sans succès. Madeleine l'invita à la patience. Elle parlait avec une certaine pertinence que Tambada ne put passer outre. Ils restèrent donc couchés et firent de simples causeries jusqu'au moment où elle décida de partir. Sans trouver à la contredire, Tambada l'a raccompagna jusqu'au niveau de la plaque d'embarquement. Là un autre rendez-vous fut donné.

Comme prévu, Madeleine répondit présente au rendez-vous. Elle paraissait encore plus belle, plus éclatante que les autres fois. Nul ne pouvait désirer Madeleine pour un autre. Cette jeune fille incarnait la vraie beauté. Elle était là chez Tambada qui attrapa une sorte de stress sous l'effet de sa présence. Il introduit son hôte directement dans la chambre sans faire attention au salon. Avec l'assurance que Madeleine était venue toute prête, le pauvre ne se doutait donc de rien. Il croyait déjà à son succès. Il pointa le nez deux fois de suite dehors avant de pouvoir se tranquilliser auprès de sa visiteuse. Il avait pris soin de donner à sa chambre un aspect tout particulier. La senteur qui s'y dégageait sollicitait la prolongation de toute visite envisagée brève. On ne pouvait demeurer assis dans le lit sans se coucher. Le beau et l'agréable se disputaient cette chambre qui n'était ainsi embellie que pour accueillir la charmante Madeleine. Tout était au rendez-vous pour séduire mademoiselle.

Sans tarder, ils passèrent au lit. Une brève causerie fut introduite. Puis, Tambada se leva, il regarda Madeleine de la tête aux pieds. Quand il eut fini, il crut l'ange de Dieu lui ouvrir les portes du paradis. Il reprit place et introduit d'autres causeries avec sourire aux lèvres. Madeleine répondait comme d'habitude en le regardant dans les yeux. Il profita de ces regards pour dire à Madeleine qu'elle était très belle et qu'il ne regrettait pas d'avoir fait sa connaissance. Elle sourit et lui dit merci. Ensuite, elle transmit la commission de sa tante qui disait bien de choses à Tambada.

— Avec une telle beauté je me dis que tu as assez d'ennuis n'est-ce pas ? questionna Tambada.

— Evidemment ! mais je m'en débarrasse très tôt.

— Tu veux me dire que tu as connu assez de gars maintenant ?

— Oui j'en ai rencontré des gars, mais nul ne m'a connue, moi Madeleine.

— Que veux-tu dire par là ?

— Essaie de comprendre toi aussi.

Assez parlé ! Tambada ne comprenait vraiment rien. Il s'approcha de Madeleine et se pencha sur elle. Très rassuré, il commença par caresser les seins de Madeleine. Comme il n'eut pas d'objection, il l'invita à se déshabiller. Madeleine lui mit la main à la bouche en lui faisant un signe de négation par sa tête. Tambada interrompit tout mouvement pour comprendre le pourquoi du refus. Faisant semblant de ne rien constater, il entreprit de la déshabiller. Elle prit les mains de Tambada et fit à nouveau le signe de négation. Cette attitude prouvait l'indisponibilité de Madeleine à réaliser le dessein de son amant. Ce dernier se contenta alors de s'allonger près d'elle. Ils firent un temps de silence. Puis, Tambada reprit ses forces, il s'avança près d'elle et lui dit tout doucement :

— Ma chérie permets-moi de te faire l'amour.

— Je ne suis pas à mesure de le faire, riposta-t-elle.

— De quelle mesure veux-tu me parler encore aujourd'hui Madeleine ?

— Je veux te dire que ce n'est pas encore le moment.

— Quand donc chérie ? Mais Madeleine, je ne te comprends pas. L'autre jour, tu m'as dit que tu n'étais pas informée. Aujourd'hui, tu me parles d'autres choses. Jusqu'où ira ce que tu es en train de me faire ? Tu me traînes dans la boue depuis Kankan et cette fois-ci tu m'enfonces. Ecoute Madeleine, je te veux maintenant, si vraiment tu m'aimes passons à l'acte. Prouve-moi que tu m'aimes.

Sans passer par quatre chemins, Madeleine lui déclara qu'elle n'avait pas encore connu l'homme. Tambada ne la crut pas. C'est un bluff, pensa-t-il. Il insista et parvient à la dépouiller de sa robe.

Quand il vu le corps nu de Madeleine, il leva les yeux vers le plafond pour magnifier la grandeur de Dieu pour la qualité de cette œuvre qu'Il avait gracieusement créée. Ce qu'il venait de ressentir était sans précédent. Le corps de Madeleine était sublime. Il eut peur de la toucher. Il se sentit impur et indigne. Le pauvre médita un instant. Il y avait de quoi. Madeleine était réellement belle et surtout dans cette situation où elle était revêtue de la tenue d'Adam. Un instant après, il se décida de se déshabiller, ce qu'il fit puis s'allongea à ses côtés la peur dans le ventre.

Plein de courage et d'envie malgré tout, il lui demanda de l'embrasser. Elle ne le fit pas. Il le fit lui-même en se penchant sur elle. Elle n'objecta pas.

Au contact des deux corps, une fraîcheur un peu semblable à une décharge électrique s'empara de Tambada. Il sentit son cœur tressaillir d'allégresse. Nul ne pouvait le convaincre qu'il était en ce moment un habitant de la terre, à plus forte raison être sur terre. Ce que Madeleine ressentait à l'instant lui échappait, mais lui, avait conscience qu'il vivait un bonheur sans pareil. Si Dieu pouvait le garder aussi longtemps dans cette position, il aurait accepté soixante jours de jeûne en contrepartie. Tout le corps de Tambada avait pris possession de la partie ventrale de Madeleine. Le jeu était devenu incontrôlable pour Tambada. Le rythme de ses actes s'accéléra. Naïf qu'il était, il crut que Madeleine était dans le même état d'excitation que lui. Il fit descendre sa main pour enlever le string qu'elle avait comme dernier vêtement. Aussitôt, elle riposta. Il prit d'abord un peu de temps pour se retrouver puis souffla à plein poumon, situation oblige. Ensuite, il leva les yeux pour la regarder. Leurs yeux se croisèrent. Elle sourit. Et, Tambada fit de même avant de poser sa main sur son ventre puis faire un bisou sur sa cuisse droite à l'occidentale. Madeleine ignorait ce que cela signifiait. Alors, Tambada reprit ouvertement comme s'il ne lui avait rien dit auparavant :

— Madeleine, je veux te faire l'amour.
— Pas maintenant, je ne suis pas prête. Répondit-elle.
— Je t'aime, offres-moi ton corps. Reprit Tambada avec une voix suppliante.
— Je le sais bien, mais veuille m'en excuser je ne le peux. Répondit à nouveau Madeleine.
— Je t'en prie Madeleine mets-moi à l'aise. Supplia Tambada.
— S'il te plaît, je ne fais rien. Arrête, sinon je m'en vais chez moi. C'est clair dans ta tête ? répliqua nerveusement Madeleine.

Cette remontrance l'enveloppa dans une sorte de peur qui lui enleva le désir de poursuivre ses avances. Il reprit alors sa place dans le lit sans dire un mot de plus. Le duo observa un temps de silence. Et soudain, Tambada se leva et s'assit dans le lit. Il demanda à Madeleine de se lever afin qu'il la voie dans toute sa taille. Madeleine se leva et se tint debout. Elle ressemblait à une fée tellement elle était resplendissante, Tambada la fusillait de regard. Dieu avait créé Madeleine par ses propres mains sans l'intervention d'un ange. Tambada découvrit en Madeleine une autre beauté. Il lui demanda de faire dos. Elle le fit. Il redemanda encore, car c'était vraiment un véritable spectacle, une fête pour ses yeux. Tambada lui redit avec tout son sérieux qu'elle était très belle. Madeleine sourit puis le regarda un moment dans les yeux. Ce regard le pénétra jusqu'aux os. Il se leva et s'approcha d'elle sans s'en rendre compte. La serra contre lui, et la couvrit de caresses. Là aussi il essaya d'enlever son unique habillement. Mais en vain, ce jour n'était pas son jour. Et Madeleine ne fut pas sa chance. Ce qui était de son pouvoir, il l'avait fait : la couvrir de caresses, pour le reste il appartenait à la Providence d'en décider. Incroyable ! Pourtant vrai, Madeleine lui jura sa virginité. Il confirma sans poser assez de questions.

Il la remercia pour sa présence malgré l'irréalisation de son dessein. Tambada ne pouvait être malheureux, car ce qu'il venait de ressentir en compagnie de Madeleine était très spécial. Il n'avait jamais vécu, un bonheur pareil. La sensation fut d'une telle intensité qu'il n'avait pas manqué de le lui dire.

Après cette confession, Tambada demeura couché pour observer la belle Madeleine revêtant ses habits. Cette scène se déroulait comme au cinéma. Il y avait de l'esthétique dans ses gestes. Il regardait Madeleine avec beaucoup d'admiration. Et, cette dernière qui s'était placée en face d'un grand miroir, ressemblait à une princesse qui s'apprêtait pour ses nonces. Elle ajustait sans cesse ses longues mèches, dont elle ne se séparait presque jamais. Tous ses maquillages étaient contenus dans un petit sac d'où elle les sortait un à un pour les faire passer sur son visage puis elle les remettait en place. A chaque fois que leurs regards se croisaient, elle riait puis demandait « c'est quoi ? ». Et Tambada répondait inlassablement : « tu es belle et je t'aime ». Ce scénario prit une quinzaine de minutes. Après quoi, Madeleine demanda à partir. Ce n'est qu'en ce moment que Tambada se rendit compte qu'il était encore nu. Il se leva précipitamment pour se fourrer. Cette réaction fut tordre de rire la jolie Madeleine. Tambada avait sa chambre dans une cour. Chaque soir, une dizaine de jeunes gens de son âge se retrouvaient là pour faire le thé à la manière malienne. Parfois, il participait à ce regroupement où il tirait profit des causeries souvent très animées. C'était devant ce petit monde composé de camarades et de connaissances que Tambada sortit en compagnie de Madeleine. Tous furent impressionnés par cette créature que Tambada avait pris soin de placer à sa droite comme pour témoigner de son attachement à elle. Certains ne pouvaient pas se contenir. Ils interpellèrent Tambada afin de pouvoir saluer Madeleine. Tambada accepta et permit à ces gens de serrer la main de Madeleine et de partager son sourire. Ils louaient à tour de rôle la beauté de Madeleine. Après, ils remercièrent Tambada tout en le félicitant pour une conquête de telle envergure. Il approuva par un large sourire, ensuite il l'accompagna jusqu'au carrefour Mafanco. Il la quitta après lui avoir glissé discrètement quelques billets pour son transport.

Cinq minutes de méditation sans attendre qu'il se soit couché dans son lit comme il en avait souvent l'habitude après un acte extraordinaire. Il fit passer dans sa tête ce qu'il venait de vivre en compagnie de Madeleine. Cette Madeleine qui était en ce moment-là dans un taxi en partance pour Coléah. Elle allait voir sa mère. Tout à coup une bousculade le tira de cette rêverie. C'étaient les banabanas qui cherchaient à s'embarquer pour rejoindre leurs domiciles après leur dure journée de travail. Cette scène était quotidienne dans les environs de 18 heures à cet endroit de la route Niger situé entre les quartiers Madina,

Mafanco et Coléah. En effet, ils étaient des centaines, tous jeunes et bien bâtis, qui s'attardaient à trouver des occasions chaque soir là-bas. Ces jeunes venaient passer la journée dans les parages du carrefour Mafanco à vendre les pièces détachées pour pouvoir survivre. La plupart d'entre eux n'avaient pas de magasins fixes. Leur activité consistait à prendre les pièces par ici pour revendre par là. Une pièce prise à un prix inférieur était revendue à un prix supérieur. Leur présence à cet endroit créait une véritable cohue humaine. Ils faisaient la pluie et le beau temps au bord de cette route Niger. Rien ne leur échappait. Ils étaient au courant de tout. Bien que majoritairement analphabètes. Ces jeunes qui n'ayant pas eu la chance de poursuivre les études se retrouvaient là après un exode rural. La plupart d'entre eux provenaient de la haute Guinée, la région où Tambada fit son enfance. C'était donc sur cette route que beaucoup d'entre eux s'enrichissaient. Certains parvenaient même à regagner l'Occident. Avec ces jeunes, le carrefour Mafanco gardait une main-d'œuvre qui pourrait participer efficacement au développement de la Guinée. Et si l'Etat n'y prenait garde, peut-être manipulés par les politiques pour troubler l'ordre public un jour.

Ne trouvant pas d'intérêt à regarder cette bousculade, contrairement à ce que faisaient les badauds, il se mit à marcher pour rejoindre chez lui tout en s'apprêtant à répondre aux questions qui lui seraient posées par ces jeunes qui occupaient la devanture de leur cour.

Le lendemain Tambada fit le récit exhaustif à Kéloua qui venait de rentrer de Kindia où il avait passé ses congés de Noël. Kéloua commença d'abord à douter de la parole de son ami. Mais comme ce dernier n'avait pas l'habitude de lui mentir, il finit par le croire. Tambada lui fit savoir son intention d'arrêter avec l'affaire Madeleine pour la simple raison que celle-ci était vierge.

— Et pourtant tu m'avais dit que tu l'aimais, n'est-ce pas ? questionna Kéloua.

— Mais bien sûr que je l'aime. Toutefois, je ne suis pas prêt à sortir avec une fille qui ne me procure pas le bonheur sexuel. Retiens bien que ce siècle ne permet pas çà. Il n'est plus question que je m'investisse beaucoup pour sa cause, mon ami.

Ainsi prit fin le récit. Il se sépara avec Kéloua et rejoignit Moussa qui tenait beaucoup à leur relation Madeleine et lui. Quand il eut fini de narrer les retrouvailles avec Madeleine, Moussa se mit à rire à gorge déployée avant de lui signifier que Madeleine l'avait traîné dans la pâte. Malgré ses arguments, Moussa resta sur sa position. Cette moquerie n'influença aucunement Tambada qui était certain que Madeleine était réellement vierge. Car la nature des préliminaires ne pouvait laisser indifférente Madeleine si elle en savait quelque chose. Pour sauver la face devant Moussa, il lui promit de réaliser son désir avant le départ de Madeleine pour Kissidougou. Son orgueil de grand coureur de jupons venait de se heurter à la décision de Madeleine de rester vierge jusqu'au mariage. Lui Tambada n'avait aucune raison de promettre le mariage à Madeleine. Il opterait pour la séparation pure et simple si celle-ci le lui demandait.

Tambada ne mit plus pied chez Madeleine jusqu'au jour où il reçut une commission de sa part l'invitant à se rendre immédiatement chez elle. Il fit donc le déplacement avec Kéloua et un de ses frères nommé Fodé.

Madeleine était assise sur une chaise les yeux fixés sur la route impatiente de voir venir Tambada. Habillée à la manière européenne elle faisait semblant de s'intéresser aux deux enfants qui l'entouraient. On ne peut dire qu'elle faisait quelque chose d'important. Son cœur lui commandait de lever la tête à chaque instant pour regarder sur cette petite route goudronnée qui se démarquait de la route Niger juste avant le carrefour Constantin. Cette route rentrait dans le quartier jusqu'au niveau du cimetière, où elle se scindait en deux afin que l'une passe devant le cimetière et que l'autre passe en face de la concession où habitait Madeleine. C'était sur cette route qu'il avançait pour pointer tout droit sur Madeleine qui n'avait pas tardé à les reconnaître malgré la mi-obscurité due à des ampoules mal éclairées. Madeleine ne les reçut pas comme d'habitude chez elle. Elle les conduisit dans un bistrot situé tout à fait à côté. Là, elle les fit servir du jus bien glacé. Cette soirée fut l'occasion pour Kéloua de voir Madeleine. Kéloua reconnut Madeleine dans de moindres détails, car il l'avait vue gamine lorsqu'elle était encore à Kissidougou. Madeleine prit place à côté de Tambada et répondait aux questions que lui posait Kéloua sur son enfance et sur l'état de la ville de Kissidougou à l'annonce de l'attaque rebelle. Après ces questions, Madeleine dégagea l'objet de cette invitation de Tambada qui portait sur son voyage le lendemain. Cette révélation surprit le trio qui lui suggéra à l'ajourner. Mais ceci n'était pas du pouvoir de Madeleine. C'était toute la famille déplacée qui devrait repartir. Le fait pour Madeleine de faire appel à Tambada pour lui signifier son départ fut ressenti par Tambada comme une marque d'amour à son égard. Pour s'en rassurer, il lui demanda si elle l'aimait. Madeleine confirma. Tambada n'était soulagé qu'à moitié, car, il était dans ses habitudes de ne considérer une jeune fille comme sa petite amie qu'en passant par le lit. C'était un passage obligé et indispensable, concevait-il.

Avec les préparatifs du voyage qui devait avoir lieu le lendemain, ainsi que la présence de certains parents venus leur dire au revoir, Madeleine ne pouvait pas rester tranquille à côté de ses aimables hôtes. Elle s'absentait de temps en temps. Mais, comme ils étaient au nombre de trois, ces absences ne leur causaient pas d'ennuis. Ils se baignaient plutôt dans des causeries amicales. Profitant d'une absence de Madeleine, Kéloua, signifia à son ami que Madeleine était bien roulée. Expression qui signifie qu'elle est belle et bien formée. Tambada répondit qu'il n'avait jamais fait de mauvais choix depuis qu'il était majeur.

— Ce bar est très coquet, interrompit Fodé qui promenait ses yeux.

— Oui, répondit Kéloua un endroit idéal pour se régaler et pour se distraire.

— Pour attendre les gos également, ajouta Tambada.

Ils rirent tous.

Le trio causait en français et ne prêtait pas attention aux autres clients. Mais ceux-ci étaient attentifs à leurs causeries. Ceci se remarqua par la présence à leur côté d'un client de ce bar. Un homme d'une quarantaine d'années d'apparence jeune qui les observait depuis leur entrée. Il serra la main de chacun d'eux à tour de rôle avant de prendre place à leur côté.

— Depuis longtemps, je suis assis là-bas dans le coin, et vous entends parler malgré la musique. Vous parlez dans un bon français et paraissez très jeunes. Pouvez-vous me dire ce que vous faites dans la vie ?

— Nous sommes étudiants à l'UGAN. Répondirent-ils.

— Moi, je suis Victor Goa d'origine camerounaise. Né et vivant en Guinée. J'ai fait mes études supérieures à l'UGAN comme vous le faites maintenant. Actuellement, je travaille au ministère de la fonction publique.

Monsieur Victor parlait avec une certaine aisance qui finit par séduire le trio. Les trois amis s'intéressaient tellement à leur hôte on eut dit des badauds. Monsieur Victor quant à lui, déjà sous l'effet de l'alcool, continuait son beau et intarissable discours.

— Jeunes gens, je ne vous connais pas profondément. Mais j'ai le pressentiment que vous êtes sages et intelligents. Vos différents points de vue pendant votre causerie me l'ont déjà prouvé. Aussi, votre mode vestimentaire vous éloigne de cette jeunesse qui tend à rejoindre l'Occident sans mériter d'abord la culture africaine. Je vous sens utiles et intéressants. Peut-être qu'à partir d'aujourd'hui nous serons des ennemis ou des amis. Quant à moi, je sollicite votre amitié.

— Nous aussi, c'est notre souhait, répondirent-ils.

— C'est bien ! Mais en fait, pouvez-vous me dire ce que vous êtes venus faire ici ?

— Nous sommes venus derrière la fille qui était assise ici tout à l'heure, lui répondit Tambada.

— Ah la jeunesse ! Rien que le sexe et la mégalomanie... mes amis, faites beaucoup attention. Vous savez ce qui m'amène ici tous les jours ?

— Non !

C'est l'alcool, je vais dire bien pourquoi. Moi Victor, j'ai connu la femme quand j'avais 18 ans contrairement à tous mes camarades d'âge. A notre temps, le sexe était un tabou. Mariam ma petite amie n'avait que quinze ans. Elle et moi étions plus qu'un. Je ne pouvais passer une journée sans voir cette fille. Passer une nuit sans la voir me faisait faire des cauchemars jusqu'à crier son amour. Toute ma famille connaissait Mariam et savait ce que j'éprouvais pour elle. Mes amis eux, nous admiraient et veillaient à la solidité de notre lien. Malgré l'opposition farouche de ses parents, Mariam trouvait les moyens pour être avec moi les moments opportuns. On eut pas mal de problèmes familiaux, mais on s'aimait toujours. Mariam était la deuxième fille d'une famille de six enfants. J'étais toujours le bienvenu chez elle en l'absence du père et de la mère, bien entendu.

— Pourquoi n'as-tu pas cherché à rencontrer ses parents pour leur faire comprendre, puisque tu l'aimais ? Questionna Kéloua.

— J'ai essayé, mon ami, mais en vain. Son père, coureur de jupons, n'acceptait pas que ses filles subissent ce qu'il faisait subir aux autres filles. Une fois d'ailleurs, il était allé faire des remontrances à mon père en promettant de m'emprisonner, si je ne quittais pas sa fille. Malgré tout cela, ma vie avec Mariam continuait son petit bonhomme de chemin. Nous fîmes sept ans de concubinage. Rien ne pouvait me faire savoir que Mariam ne serait pas un jour la mère de mes enfants… Mon Dieu ! c'était incroyable et impensable ! Regardez, mes amis, cette fumée qui monte vers le ciel, et cette bouteille de vin déposé là-bas sur la table. C'est le jour où j'ai été informé du mariage de Mariam avec un résident en Europe que tout a commencé. Mariam ne fit que deux semaines avant de rejoindre son mari. C'était intenable pour moi. J'ai failli me donner la mort n'eût été l'intervention de mes proches. Pour donc oublier ou faire disparaître ce grand amour, je me suis livré à l'alcool et à la cigarette.

Le récit de tonton Victor comme ils l'appelèrent désormais leur donna la chair de poule. Ils étaient assis la pitié au cœur, en train de regarder impuissamment leur nouvel ami qui remplissait ses joues de fumée qu'il soufflait avec dextérité dans le vide. Tonton Victor sentant en eux la tristesse prit congé d'eux après leur avoir remis son adresse et un peu de jetons. Madeleine se présenta peu de temps après. Ce que Tambada venait d'entendre ne lui donna plus le courage de continuer la soirée en compagnie de Madeleine. Il fit signe à ses amis pour retourner à la maison. Avant de se séparer, Madeleine sollicita son adresse. Il la lui remit.

Madeleine avait quitté Conakry sans qu'ils aient l'occasion de se revoir depuis cette nuit. La vie de Tambada avait repris son cours normal. Seulement deux choses le faisaient penser à Madeleine. La première, son adresse qui était dans son calepin. La seconde, la voix de la RTG[1] qui ne cessait de louer les efforts de l'armée guinéenne qui avait réussi, selon elle, à bouter les rebelles hors des frontières guinéennes. A chaque fois qu'il entendait ce leitmotiv de la RTG, il pensait un instant à cette Madeleine. Mais pourquoi donc penser à cette vierge ? Se disait-il. Lui qui préférait le plaisir immédiat que médiat dans ce domaine. On dit bien qu'un tiens vaut mieux que deux tu l'auras. Avec un nombre important de belles filles dont regorgeait Conakry, Tambada pouvait-il aimer une fille vierge qui était à plus de cinq cents kilomètres de lui ? Tambada, doté de toutes ses facultés, beau et charmant ne pouvait-il s'abstenir pour cette Madeleine ?

---

[1] RTG : Radio Télévision Guinéenne

Non, cela ne pouvait pas se faire. Voilà pourquoi il cessait de penser à cette fille et continuait plutôt à allonger la liste de ses petites amies.

Plusieurs semaines passèrent jusqu'à cet après-midi d'un jeudi, où Marie une cousine à Tambada est venue l'informer de son voyage sur Kissidougou. Tambada qui passa un long moment sans penser à Madeleine, commença tout d'abord à parler de Madeleine à sa cousine. Après un petit détail sur le portrait de Madeleine celle-ci la reconnut aussitôt. Marie avait grandi à Kissidougou, elle connaissait donc assez de personnes. De même qu'Alexis son ami de Kankan, Marie n'encouragea pas son cousin.

— Les filles comme Madeleine ne peuvent appartenir à un seul homme, le conseilla-t-elle.

Oui, Madeleine avait une beauté rayonnante à laquelle nul ne pouvait résister. Marie continuait à lui donner des conseils quand il fit vite une petite note à l'adresse de Madeleine.

— Ce n'est pas grave, dit-il en donnant une tape amicale à sa cousine. Donne-lui seulement cette lettre.

Tambada s'entendait bien avec Marie. Ils avaient beaucoup de confidences. Voilà pourquoi elle prit la lettre et promit de la lui remettre à main propre, mais aussi à porter une attention sur Madeleine une fois à Kissidougou. A vrai dire jusqu'à ce que Marie s'embarque sur Kissidougou, Tambada ignorait ce qui l'avait poussé à écrire à Madeleine.

Après le départ de Marie, il eut un petit remords, car en principe c'était Madeleine qui devait lui écrire en premier puisque c'était elle qui avait fait le déplacement. Pourquoi lui, Tambada qui n'avait pas fait de déplacement adresserait-il une correspondance ? Il baissa la tête pour quelques instants puis la releva. Il se mit à marcher ressemblant à celui qui avait perdu à un jeu de tombola. Il prit intérieurement la ferme résolution de ne plus écrire tant que Madeleine ne lui répondait pas. Heureusement que la lettre se bornait simplement à demander comment s'était effectué le trajet, son état de santé et ses études, se soulagea-t-il. Si elle répondait cela allait être une bonne chose. « Je saurai ce qu'elle pense de moi, après tout je suis toujours capable de trouver une nana, moi », ainsi monologuait Tambada qui rejoignait sa maison après avoir accompagné sa cousine à la gare routière de Madina.

Contre toute attente, Madeleine répondit à la lettre juste une semaine après. La réponse était toute autre. Elle condamnait Tambada pour l'avoir sitôt oubliée, de vouloir profiter d'elle. Toutefois, elle réitérait le sentiment qu'elle avait pour lui. Tambada n'en revenait pas. Il lit et relit plus de dix fois cette lettre. À chaque lecture, il découvrait un sentiment étrange pour Madeleine. Voici Tambada à table pour une seconde lettre dans laquelle il demande le programme des vacances de Madeleine. Sans aucun retard Madeleine lui répondit en lui faisant savoir que rien n'était encore précis et que tout dépendait de sa mère. Seulement qu'elle avait une invitation du côté de N'zérékoré et que sa mère était déjà informée. En plus de la lettre, Madeleine envoya deux de ses meilleures photos. Quand il reçut ces deux photos, Tambada parut comme un enfant. Il courait dans tous les sens pour faire voir ces photos. Il les fit voir à tous ses amis et chacun d'eux les appréciait. Kéloua en particulier fit des commentaires sur la beauté de cette fille. Tambada ne pouvait plus se tenir tranquille. Il avait désormais toutes ses réflexions et ses pensées portées sur cette Madeleine. Dans la lettre-réponse qu'il écrivit à

Madeleine, il traduisit son intention d'aller passer ses vacances là-bas à Kissidougou auprès de Madeleine. Cette décision était la meilleure pour Tambada qui ne pouvait recevoir Madeleine à Conakry vu le bordel dans lequel il vivait en termes de rapports avec le monde féminin. Heureusement pour lui, Madeleine lui répondit favorablement. Tambada n'attendait plus que les vacances pour débarquer dans cette cité inconnue par l'amoureux. A cause de la femme qu'on aime on peut tout et on fait tout. L'homme doit respecter la femme autant qu'il peut. Sans la femme, l'homme n'est rien. Il devient fade. Il en est de même pour la femme qui doit convoler avec un homme afin de procréer. Une véritable interdépendance couvre les rapports entre l'homme et la femme. Le bonheur, le respect, la joie en bref la vie s'entend dans l'union qu'on appelle le couple. Ce couple qui prend naissance au mariage est précédé par les fiançailles. Et avant les fiançailles, le lien intervient par un coup de foudre qui naît du regard échangé entre les personnes destinées à s'aimer l'un l'autre. Le mariage est à cet effet l'aboutissement de tout un processus. Tambada était d'abord au stade de l'amitié. Et déjà, il était prêt à supporter tout pour être à côté de Madeleine. Il devrait désormais se rendre à Kissidougou avec l'accord de Madeleine.

Pour la première fois dans sa vie, Tambada allait fouler le sol de Kissidougou, la préfecture qui avait vu naître ses parents. Il se faisait beaucoup d'illusions sur cette ville dont il était originaire. Rien ne pouvait plus le retenir. L'université avait fermé ses portes à cause des vacances. L'accord parental était acquis. Quitter Conakry pour rejoindre Madeleine à Kissidougou, voici ce qu'il fallait.

Tambada quitta donc Conakry un soir à bord d'un taxi-brousse pour la ville de Kissi Kaba Keita. Madeleine avait déjà fait les contacts nécessaires pour son hébergement. La famille africaine pouvant se former par le simple lien d'amitié et de cohabitation, Tambada avait demandé à un ami de son père qui résidait dans cette ville de le recevoir chez lui. Cette famille n'attendait que son arrivée pour l'accueillir comme un des siens. Le jour de son arrivée, deux personnes partirent à sa rencontre à la gare routière. Sans aucune difficulté, il rejoignit sa famille d'accueil dans une ambiance festive. L'accueil était donc à la hauteur de ses attentes. Dans les causeries, Tambada se rendit compte de la présence de Kéloua à Kissidougou. Ceci était contraire au programme que celui-ci lui avait donné. Kéloua devait normalement être à Mamou. Cet état de fait l'étonna. Quelques minutes avaient suffi à Tambada pour faire sa toilette et s'installer dans la chambre mise à sa disposition. Il demanda à Antoine, le premier fils de cet ami de son père de l'accompagner chez Kéloua puis chez Madeleine. Kéloua savait que Tambada devait venir à Kissidougou. Mais, il n'était pas fixé sur le jour. Quand il vit donc Tambada ce jour-là chez lui, il fit un grand cri de joie. Cette rencontre était très pathétique, ils paraissaient comme des amis qui s'étaient quittés il y a belle lurette. Après cette chaleureuse rencontre, Kéloua parla du passage de Madeleine quelques heures avant. Madeleine avait dit à Kéloua qu'elle se rendait à la maison des jeunes où se tenait un séminaire de formation sur le changement de comportement des jeunes. Sans perdre le temps, ils se rendirent à la maison des jeunes pour rencontrer Madeleine. Tambada brûlait du désir de revoir Madeleine. Il paraissait comme s'il ne l'avait jamais vue. Quand on aime, on devient autre chose que ce que l'on est. Tambada ne faisait plus attention aux causeries qu'ils tenaient à trois, il rêvait de sa rencontre avec Madeleine. Les idées se multipliaient dans sa tête. Comment Madeleine allait l'accueillir ? Madeleine était-elle la même comme à Kankan, à Conakry… ?

Arrivés, ils commissionnèrent un jeune pour aller chercher Madeleine à l'intérieur de la Maison des jeunes. Un instant après, elle se présenta à la porte ignorant celui qui lui demandait et avec une mine serrée. Le jeune qui était allé la chercher les lui indiqua. Madeleine reconnut tout de suite Tambada. Elle se précipita alors vers lui. Le cœur à elle venait de voir ce qui lui manquait. La joie et le bonheur se furent sentir dans ses yeux. L'accueil fut sans pareil. Tambada prit quinze minutes avec elle durant lesquelles elle ne faisait que sourire et le regarder dans les yeux sans pouvoir parler sérieusement. A l'instant, certes, sa joie était plus grande que celle de Madeleine, mais sa virilité lui interdisait certaines réactions, il se bornait donc à lui demander son état de santé, les études, la famille… Madeleine était arrêtée à côté de Tambada. Un beau couple que dévorait de regards une cinquantaine de personnes parsemées à travers la cour de la maison des jeunes. Madeleine, était convoitée par la plupart sinon la totalité des jeunes garçons qui prenaient part à ce séminaire. Les regards pleuvaient sur eux. Et certains se donnaient même le toupet de venir taquiner Madeleine. Elle ne manquait pas de présenter Tambada à ce dernier comme étant son petit ami. Tambada se sentait grandi et respecté en compagnie d'une fille dont la valeur avait la mention : remarquable. Il y avait vraiment de quoi se comporter en vainqueur émérite. A chaque fois qu'il en avait l'occasion, il la regardait de la tête aux pieds et quand leurs regards se croisaient, il lui affirmait son amour en lui disant : « je t'aime, Madeleine ». La rencontre prit fin quand Madeleine fut sollicitée dans la salle. Elle donna donc rendez-vous à Tambada pour le soir. Et ils se dirent au revoir. Tambada prit le chemin de la maison avec une bande composée de Kéloua, Antoine et d'autres amis qui s'étaient joints à eux. Parmi eux figuraient ceux à qui Madeleine avait fait des confidences à propos de l'amour qu'elle ressentait pour Tambada. Ceux-ci remirent donc Tambada en confiance.

La nuit, Madeleine se présenta chez Tambada. Ce dernier était assis avec Antoine et son ami Kéloua en train de faire revivre les souvenirs de Conakry. Le mode vestimentaire choisi par Madeleine, pour cette première nuit était une robe rose dans laquelle paraissait sa forme attrayante et attirante. A l'annonce de sa présence, la ronde se comporta comme des bergers qui avaient reçu les premiers la visite de l'ange annonçant la naissance du Christ. Ils ajustèrent leur position avant de serrer la main de Madeleine. Après, ils se dirigèrent dans la chambre. L'intention de Tambada de rester seul avec Madeleine était connue par les deux autres, ils ne tardèrent pas à les laisser seuls. Dès le départ des deux, Madeleine s'allongea dans le lit. En faisant savoir à Tambada qu'elle était fatiguée. Tambada se leva pour fermer la porte puis la rejoignit au lit. Là, il commença par la remercier pour toutes les lettres qu'elle s'était donné la peine de lui expédier. En outre, il lui offrit le cadeau qu'il avait apporté de Conakry. Madeleine prit le cadeau et remercia Tambada. Ensuite, elle lui demanda les nouvelles de sa famille, la situation de ses études, la nature de la traversée Conakry-

Kissidougou. Après avoir répondu à cette question, un silence s'imposa. Puis Tambada lui demanda si elle gardait encore sa virginité. Madeleine le regarda dans les yeux, se leva, s'assit dans le lit et dit oui avant de baisser les yeux. En entendant cette réponse, Tambada se mit dans une profonde méditation. Madeleine, constatant le silence de Tambada qui se prolongeait, s'approcha de lui, pour savoir la raison :

— Pourquoi ce silence, Tambada ? demanda-t-elle ?

— Rien Madeleine. Répondit-il.

— Alors parle ! Je suis venue pour que l'on cause, toi et moi.

— Oui je le sais, aussi, je voudrais que tu saches que je suis très au sérieux en ce qui concerne ton amour.

— Je te comprends Tambada. Depuis que tu m'as dit que tu venais passer tes vacances ici, je me suis dit que j'allais la perdre cette année. Je ne voudrais vraiment pas. Mais, que puis-je faire maintenant ? Ton amour me domine.

Madeleine prononça le reste de ces mots avec les pleurs dans la voix. Sans pouvoir se contenir, Tambada vit ses yeux remplis de larmes. Il regarda tout d'abord Madeleine, puis le plafond pour témoigner la présence de Dieu, puis murmura :

— Mon Dieu, pourquoi moi ? Que t'ai-je fait ?

Il prononçait ces mots difficilement. Madeleine se laissa tomber dans ses bras. Elle pleurait comme une petite fille, demandait continuellement à Tambada s'il n'allait pas la trahir un jour.

La belle Madeleine avait raison de pleurer. L'amour de nos jours était fait de trahison. Pire qu'une épidémie de rhume, la trahison gangrène les grandes unions de nos jours. Madeleine avait dit non à la quasi-totalité des personnalités de la préfecture, des célébrités, des riches...Et voilà qu'un pauvre étudiant venait prendre ce qu'elle avait de plus précieux. Quand on connaît la valeur qu'avait la virginité surtout lors du mariage, on ne peut que regretter cette rencontre. Cette Madeleine que les jeunes garçons convoitent ardemment subissait l'amour de Tambada. L'amour était réellement aveugle. Madeleine la joie de ces jeunes qui sollicitaient sa compagnie, le modèle des jeunes demoiselles qui se faisaient tresser et s'habillaient pour paraître comme elle, convoitise des amoureux qui mettaient tout en œuvre pour la conquérir, était cette nuit-là à la merci de Tambada. Etait-elle consciente de ce qu'elle faisait ?

Après s'être abstenue devant le charme des stars préfectorales, le pouvoir des administrateurs et l'argent des commerçants et hommes d'affaires, la voilà qui pleurait dans le lit de Tambada qui n'avait pour valeur que les études qu'il effectuait à l'université. Pour faire taire Madeleine, Tambada la serra contre sa poitrine et lui dit :

— Cesse tes pleurs ma belle, je t'aime. Ne pense jamais que je te ferai du mal un jour. Je vivrai avec toi tant que tu le voudras. Ton amour sera pour moi comme une religion. Je le proclamerai comme un évangile et le garderai jalousement.

L'attitude de Madeleine lui avait donné la chair de poule. Ce qui venait de se passer était vraiment inhabituel chez Tambada. Toutefois, il parvint à la calmer. Tambada était couché sur son dos la tête posée sur la taie d'oreiller. Madeleine, elle, avait sa tête posée sur la poitrine de Tambada. Ainsi, Tambada palpait ses mèches. Il faisait descendre sa main jusqu'au niveau du visage qu'il cajolait.

Ils demeurèrent dans cette position jusqu'à ce qu'elle lui demanda à partir. Il se leva et la raccompagna. A son retour, il alla directement voir sa tutrice Tante Finda qui décortiquait des arachides avec ses petits enfants. Tante Finda était une femme très accueillante. Avec elle, Tambada parlait de Conakry, de Kissidougou et de son père.

Le lendemain, Kéloua lui demanda de faire le compte rendu de sa première nuit avec Madeleine. Tambada lui dit tout sauf la réalité. Ainsi, Kéloua loua son efficacité. Kéloua était le prototype des hommes qui aimaient les femmes pour uniquement satisfaire son besoin sexuel. Après cette nuit, Tambada fit deux autres nuits sans se voir nuitamment avec Madeleine. Ils ne se voyaient que la journée. Et, seul Tambada savait sa virginité. Nulle autre personne ne pouvait ni le croire et ni le savoir. La forme et la beauté de Madeleine qui la faisaient courtiser par les hommes laissaient croire sa connaissance de la chose.

La deuxième rencontre nocturne des deux amants fut semblable à la première. Cette nuit, Madeleine révéla à Tambada l'ignorance de ses amis de son état.

— Alors, comment te comportes-tu quand vous parlez de sexe ?

— Je me mêle en parlant comme si j'en faisais. J'en sais quelque chose avec les cours, les films ainsi qu'avec d'autres causeries de même nature. Ça ne s'écrit pas sur le front. On la vit, je pense.

Les paroles de Madeleine intéressaient Tambada de sorte qu'il perdit toute envie de coucher avec elle. Madeleine faisait des révélations étonnantes sur la sexualité. Certaines de ses affirmations étaient incroyables. Tambada préféra alors l'écouter un moment avant de faire quoi que ce soit. Quand Madeleine termina son exposé sur la sexualité qui faisait l'objet de causerie entre elle et ses copines, Tambada l'invita à se déshabiller. Elle obéit sans réplique. La voici dans la tenue d'Adam, luisant dans tout ce que le Bon Dieu lui avait donné comme charme et beauté. L'éclat de sa beauté illuminait tout l'intérieur de la chambre. Les êtres, animés et inanimés professaient cette beauté qu'ils n'avaient jamais vue. Ils assistaient à cette scène dans le regret de leur état. La beauté de Madeleine quant à elle, continuait à resplendir et à faire la joie inconditionnelle de Tambada qui dévorait du regard ce corps splendide que les anges du ciel avaient plébiscité. Avec Tambada, la chambre vivait sa plus grande joie depuis sa construction. Si cette chambre pouvait dire mot, elle aurait psalmodié la beauté de cette étrangère. Dommage ! Seuls les yeux et l'esprit de Tambada profitaient pleinement de cette qualité humaine. Sans se laisser assommer par cette beauté, Tambada lui demanda de faire dos. Elle le fit. Cette position comme la première offrait des sentiments spéciaux que seuls les cœurs pouvaient mieux apprécier. Le moins qu'on pouvait dire était que la forme de Madeleine dans cette position, était d'une qualité très rare. Tambada ne pouvait rester coucher pour suivre le spectacle. Il se leva précipitamment pour la rejoindre. Il la couvrit de caresses. Il n'alla pas loin, car il se faisait déjà tard. Comme la ville était encore plongée dans une atmosphère de psychose après le passage des rebelles, Tambada alla l'accompagner.

L'amour de Madeleine grandissait dans le cœur de Tambada. Il l'aimait et la sentait comme sa chair. Il ne pouvait plus passer une heure sans la voir, heureusement pour lui, elle n'habitait pas loin de sa famille d'accueil.

Madeleine qui n'avait plus la maîtrise d'elle-même sans Tambada mettait tout en œuvre malgré l'interdiction parentale pour le rencontrer. Pour se rendre chez Madeleine, Tambada demandait les services d'Antoine qu'il appelait souvent cousin. Ils étaient de la même génération. Antoine était le fils du grand ami de son père. Ce grand ami de son père qui l'avait aimé depuis son enfance. L'arrivée de Tambada avait trouvé que le père d'Antoine était en déplacement pour Mongo où il assurait la fonction de principal d'un collège. Mongo est une CRD de la préfecture de Guéckédou située à douze kilomètres. Cette appellation cousin était fantaisiste. C'était donc avec Antoine que Tambada avait accès à la concession de Madeleine. Il était devenu son alter ego. Très tôt, Tambada su qu'il plaisait bien à Antoine, car ce dernier était toujours prêt à faire ce qu'il voulait, et de même, ne le quittait jamais. Sa disponibilité était totale et effective à son égard. Il devait être comme un ami, mais il se comportait comme un petit frère. De même qu'Antoine, les autres membres de la famille lui accordaient du respect. La tante Finda, la femme de Tonton Simon lui recommandait chaque fois de se comporter comme un membre effectif de la famille. Elle détenait une moto qu'elle mettait très souvent à sa disposition. Cette attitude permit à Tambada non seulement de se familiariser, mais aussi de connaître la ville.

La troisième rencontre avec Madeleine fut plus mouvementée que les précédentes. Avec la ferme résolution d'aller plus loin, Tambada ne donna pas l'occasion de bavarder longuement pour ne pas se laisser envahir de pitié. Pour la première fois, il mit Madeleine à poil. Le corps de Madeleine fut plus précieux que les autres fois. Si le Bon Dieu façonnait toutes les femmes comme Madeleine, il y aurait eu, de nos jours, très peu d'hommes sur terre. Car, avec une fille comme Madeleine, nul ne pouvait se retirer tôt ou dire : « ça va maintenant ». Après un regard passionné sur Madeleine, Tambada s'interrogea si elle était une âme vivante. Pour se rassurer, il l'approcha pour la caresser. Quand les deux corps se touchèrent, Tambada sentit sa respiration coupée, pour un moment sous l'effet de la palpitation de son cœur. C'était plus qu'énigmatique. Madeleine, disposée à s'offrir, ignorait l'instant particulier que vivait Tambada. Il faisait de l'effort pour en finir avec cette virginité. Lorsque Tambada se résolut pour en finir par un acte d'intromission, Madeleine riposta violemment. Tambada répéta l'acte plusieurs fois sans succès. Madeleine se plaignait toujours. Très sensible à ses douleurs, il perdit le courage d'aller plus loin. Quand on aime sincèrement une personne, on sent sa douleur sur soi. Comme à l'accoutumée, elle commença encore à verser des larmes en disant à Tambada de se souvenir de ces jours ; les jours où l'esprit mauvais s'emparerait de lui pour lui faire du mal, ce qui ne serait autre que la trahison. A chaque fois que Madeleine lui disait ces mots, il la consolait en disant qu'il ne serait pas question qu'il l'abandonne pour une autre fille.

Tambada fit cinq rencontres de ce genre avec elle sans succès. Mais, cela ne changea en rien l'amour qui les liait. L'amour grandissait jour après jour. Madeleine s'occupait très bien de lui. Elle faisait tout ce qui était de son pouvoir pour rendre son séjour agréable à Kissidougou.

Tambada devait se rendre à Mongo où se trouvait son tuteur, Tonton Simon comme il l'appelait. En effet, Tonton Simon avait laissé cette consigne, et lui Tambada venait de recevoir une lettre de sa part dans laquelle ce dernier l'exhortait à partir. Il se décida alors de le rejoindre. Le jour de son départ, il fut accompagné par Kéloua, Antoine et Madeleine. Ils ne quittèrent la gare routière que lorsque le taxi démarra et disparut, laissant derrière lui un nuage de poussière ocre.

La Guinée venait de sortir d'une agression extérieure armée que les autorités appelaient incursions rebelles dont cette partie de la Guinée était la principale victime. La route Kissidougou-Gueckédou était bordée de jeunes en tenue qu'on appelait des Volontaires. C'étaient des jeunes à qui on avait remis des armes pour bouter les hordes barbares hors des frontières guinéennes, disait-on. Ces jeunes fixaient des lois impériales comme s'ils n'appartenaient pas à cet Etat. Ils ne laissaient aucun choix à ces populations déjà meurtries par le passage des rebelles. Le régime les avait placés à chaque dizaine de kilomètres. Cela faisait perdre énormément de temps aux usagers et était un véritable casse-tête. Les barrages étaient érigés avec des troncs d'arbres et de grandes cordes qui n'offraient aucune chance aux chauffeurs de les dévier. Au niveau de chaque barrage s'opéraient le contrôle d'identité et les fouilles. Ces opérations se déroulaient dans la violence sans aucun respect des droits civiques.

Ces actes barbares faisaient très mal à Tambada qui les observait et les subissait impuissant. Il se demandait si c'était cela la mission de ces Volontaires. Etaient-ils conscients de leurs différents agissements ? Etait-ce vrai qu'ils étaient là pour défendre la patrie et pour assurer la quiétude sociale des citoyens ? Quelques passagers des autres véhicules lui confièrent que leurs véhicules avaient fait plus de deux heures à certains points de contrôles parce que tout simplement le chauffeur avait refusé de donner la somme exigée par ces hommes en tenue. D'autres personnes se voyaient immobilisées et considérées comme rebelles et ennemis du régime parce qu'ils avaient refusé d'obtempérer à un ordre insensé ou absurde. Les chauffeurs qui leur tendaient les billets de cinq cents ou mille francs étaient pris pour des patriotes et amis du régime. Ils étaient hors d'exactions. Tambada qui croyait avoir laissé la corruption, l'escroquerie, le banditisme... au kilomètre 36 à Conakry, était surpris de rencontrer les mêmes pratiques dans cette zone où semblait régner la discipline militaire. Les seigneurs qui avaient bouté l'ennemi hors des frontières nationales faisaient subir le pire à la population qu'ils étaient venus délivrer. Ces vaillants soldats abandonnés à eux par l'hiérarchie agissaient comme s'ils n'avaient ni père, ni mère, ni frère, ni sœur... les frères en tenues étaient prêts à donner des coups de pieds, à gifler et à brandir l'arme contre celui qui manifestait un moindre mécontentement. Etaient-ils responsables de tous ces actes ? Tambada faillit être victime de bastonnade, quand ils retrouvèrent sur lui deux cartes d'identité : Une carte d'identité estudiantine et une carte d'identité nationale. Cette double identification, faisait de Tambada, à l'instant même, un rebelle qu'il fallait aussitôt abattre. On lui demanda des explications. La raison était très simple, c'était parce qu'il devait terminer ces études cette année-là, qu'il avait décidé de se faire une carte d'identité nationale. Cette raison ne put être comprise qu'après une longue explication qui prit au moins une demi-heure. Heureusement pour lui, il fut compris. Ils avaient quitté Kissidougou au nombre de neuf à bord d'un taxi. Ils n'étaient plus que cinq à arriver à Gueckédou, pour une distance de 87 km et une durée de deux heures.

Le constat sur la ville de Gueckédou était tout autre. Toutes les maisons étaient trouées, certaines sans charpente. Six mois après ces incursions, le climat de désolation régnait toujours dans cette ville. La population moins dense vivait désormais la peur au ventre. Elle avait été dépouillée de tous ses biens, l'union familiale et la joie manquaient dans les foyers. Gueckédou n'était plus qu'une ville fantôme. On y voyait rarement les animaux domestiques.

Cette ville qui grouillait auparavant d'un grand monde passait d'une ville fantôme. Quand on pense aux jours du marché hebdomadaire qui avait lieu tous les mercredis et où les commerçants venus du Libéria, de la Sierra Leone, du Mali et de la Côte d'Ivoire se retrouvaient pour les échanges, il y avait vraiment de quoi verser des larmes. Les herbes s'étaient emparées d'une partie de la ville. La patrouille passait à chaque quinze minutes. Les gens se saluaient à peine, chacun cherchant à faire plus tôt ses courses et regagner soit sa maison soit son village. Nul ne croyait encore à la fin de la guerre. Au vu des traces laissées par quatre mois d'attaque, Tambada se mit à penser à la situation du Congo, du Rwanda, du Darfour, de l'Afghanistan, du Moyen-Orient… où la guerre durait des années. Comment vivaient les créatures du Bon Dieu dans ces endroits ? Dieu seul le sait, qu'il soit loué.

Il arrivait que deux véhicules chargés de militaires habillés de tenues différentes, se rencontrent. Ils ne se quittaient qu'à l'issue des coups de feu. Ce qui déclenchait immédiatement le couvre-feu. Des scènes de ce genre se passèrent à deux reprises, en la présence de Tambada. Il frissonnait, tremblait de nervosité. Hélas, il ne pouvait rien sinon qu'observer et subir. Il se mit à penser à ce qui se passait en ce moment à Conakry. Les bons messieurs qui donnaient ces ordres se reposaient dans les luxueuses villas, les hôtels et les bars de la capitale. Ces vieux conseillers qui comparaient leur époque à celle d'aujourd'hui, qui désorientaient la jeunesse, avenir du pays et du continent, et qui refusaient de prendre leur retraite. Tambada prit sa tête dans ses mains. Il se courba légèrement pour formuler une prière afin que cette population meurtrie par les exactions militaires puisse retrouver la paix. En clair, un ennemi était venu pour sauver la forêt des mains d'un ennemi. Il pensa que ces mêmes scènes se déroulaient à des endroits comme la Syrie, le Rwanda, la RDC, le Kashi mir, le Pakistan... où les seigneurs de guerre comme Samory, Hitler, et d'autres sont ressuscités. La population ne pouvait rien sinon que regarder le ciel et la volonté des hommes en arme. Sans aucun scrupule et sûrs d'eux-mêmes, ces gens en treillis se promenaient gaillardement à travers la ville les armes en main, chargeurs bien garnis.

Ce qui se passait dans les hameaux était encore pire. Ces ''sauveurs'' faisaient leur loi. Ne sachant ni lire, ni écrire, pour la plupart, ils se permettaient de tout dire sur les identités des personnes qui se présentaient à leurs postes de contrôle. Ils exigeaient des cartes d'identité à ces pauvres personnes dépossédées de leurs biens et de leur citoyenneté. Les enfants de rien du tout osaient verbaliser des personnes qui avaient l'âge de leurs parents ou de leurs grands-parents. Tambada s'était montré indifférent jusqu'à un barrage où on refusa de laisser passer une femme enceinte qui n'avait pas sa carte d'identité et qui n'avait plus d'argent à donner. C'est là que la colère de

Tambada se déchaîna. Il sortit du taxi, brandit sa carte d'Etudiant et menaça de faire un vilain rapport, une fois à Gueckédou et à Conakry.

— Vous qui devriez garantir notre sécurité et la maintenir, vous nous privez de notre liberté et de nos biens. Vous bafouez également notre citoyenneté si chère au régime après de louables services rendus à la nation. Les rebelles nous ont dépossédés de nos biens et tué certains de nos frères. Vous, vous nous humiliez en nous ôtant notre personnalité. Au lieu de compatir vous ne faites que profiter en pillant les moindres ressources qui nous restent pour notre survie. Vous vous sentez heureux aujourd'hui ; seulement, retenez que « les morceaux de bois pourris du mauvais puits finissent toujours par retomber dans le puits ». Vous assumerez tôt ou tard les conséquences de vos actions contre ces damnés, punis de guerre.

Après ces remontrances, Tambada reprit sa place dans le taxi. Tout le monde se mit à le regarder. Ces paroles firent planer un grand silence. Le plus gradé de la bande ordonna que l'on les laisse passer. Voilà comment Tambada rejoignit Tonton Simon qui brûlait maintenant du désir de le voir. L'accueil fut chaleureux et une bonne partie du village était présente à la petite gare pour recevoir Monsieur Tambada.

Durant son séjour, Tonton Simon lui fit visiter toute cette localité de la Guinée. Les attaques rebelles avaient fait de cette partie, un véritable champ de bataille. Tambada visita où les rebelles avaient foulé le sol guinéen, la partie appelée « la languette » fut visitée, les villages pillés et ravagés. Le bilan qu'annonçait la Radio Guinée était très loin de la réalité. Il fallait être sur les lieux pour le témoigner. Cet endroit était entièrement dévasté. La population avait tout perdu : les réserves alimentaires, le bétail et les biens mobiliers et immobiliers. La pitié et la haine envahissaient simultanément Tambada. Cet état d'âme était aussi celui de Tonton Simon qui proférait à chaque fois les malédictions et les paroles injurieuses à l'encontre des auteurs de ces attaques. Ces visites et découvertes effectuées ensemble fortifièrent le lien entre Tambada et Tonton Simon. Ainsi, une grande amitié naquit entre eux. Ils se partageaient désormais pleins de choses. En fait, ils étaient devenus des complices inséparables. Tambada écrivait tout ce qu'il constatait dans un petit carnet comme un journaliste. Il questionnait par ici et interrogeait par là en compagnie de son tuteur tonton Simon. Un jour, ils se rendirent chez un prévoyant. Celui-ci était un ami de Tonton Simon. A peine installés, après les paroles de salutation, l'hôte se mit à parler du passé et de l'avenir de Tambada. Il disait exactement son vécu. Tambada crut au départ qu'il avait un pouvoir surnaturel ; mais après, il se dit que c'était Tonton Simon qui lui avait raconté tout son passé. Toutefois, au fil du temps, le devin racontait ce que Tonton Simon lui-même ignorait. C'était le cas, par exemple, de Madeleine.

— Tu es en bonne amitié avec une belle jeune fille vierge. Elle est prête à faire tout pour toi. Car, elle t'aime de tout son cœur. Tu seras heureux avec elle et elle te fera de beaux enfants. Avec elle, ta vie sera faite. Tu n'as qu'à faire un sacrifice : donne le pain blanc à dix jeunes filles et une noix de cola blanche à un adulte. Si tu ne fais pas ce sacrifice, deux des parents de cette jeune fille te l'enlèveront et la donneront à un homme venant de loin. Tu auras beaucoup d'argent et tu auras une longue vie avec ou sans Madeleine. Que Dieu te bénisse.

Tambada promit au devin qu'il s'exécuterait. En réalité, le devin n'avait fait que prêcher dans le désert. Tambada ne croyait vraiment pas à ses déclarations. Après un instant, ils prirent congé. Ce fut le lendemain que Tambada quitta Mongo, passa par Gueckédou pour rejoindre Kissidougou où l'attendait impatiemment Kéloua, Antoine et surtout sa douce Madeleine.

Tambada arriva à Kissidougou aux environs de 17 heures. Comme s'ils s'étaient donné rendez-vous, Tambada trouva Madeleine chez lui en train de causer avec son cousin Antoine. Quelle fut donc sa joie de voir sitôt celle que son cœur désirait voir ! Il se remit à l'instant même de sa fatigue de voyage et se mit à savourer la présence de Madeleine, après un bain qu'il prit rapidement. Sans prendre assez de temps avec elle, il s'excusa pour aller faire les comptes rendus des missions qui lui furent confiées par sa tante Finda. De même que d'autres commissions qu'il était chargé d'exécuter de la part de Tonton Simon. Il prit d'abord la tante Finda en aparté pour lui expliquer ce qui la concernait puis, il rejoignit les enfants qui l'attendaient au salon pour leur faire part des recommandations de leur père. Quand il eut fini, il leur raconta son périple avec les différents accrochages qu'il eut avec les Volontaires. Selon lui, ces derniers agissaient comme des policiers à Conakry qui laissaient faire dès qu'on leur tendait un billet de mille francs. Pour agrémenter ses dires, Tambada se mit à imiter le français qu'ils parlaient. Ce jargon fit rire toute l'assistance. Tambada imitait très bien le langage des sauveurs de la République que la population forestière habillait et nourrissait maintenant malgré elle. Ces vaillants soldats qui faisaient pitié, ignorés par le régime.

Deux semaines passèrent sans que Tambada ne fasse une rencontre intime avec Madeleine. Ils ne se voyaient que hors chambre. Ils s'offraient des promenades amoureuses à travers la ville de Kissidougou. Madeleine l'envoyait dans des endroits calmes et paisibles. C'était au cours de ses sorties que Tambada découvrait en Madeleine une fille courageuse, prête à se battre pour son avenir. Sa nature dégourdie, travailleuse et rigoureuse le prouvait à suffisance. Il y avait assez de sagesse dans les dits et faits de Madeleine. En plus de la beauté physique, il y avait aussi une beauté psychologique et morale en elle. Madeleine était un don de Dieu. Ses raisonnements étaient comparables à des analyses d'un sage du village. Tambada se demandait d'où elle tirait cette nature exceptionnelle. Née d'une mère commerçante et d'un père médecin, elle possédait une connaissance parfaite de certains phénomènes de la nature que très peu de personnes maîtrisaient. Ses qualités faisaient qu'elle ne pouvait pas passer inaperçue. Ainsi, leur union fut notoire en quelques semaines seulement. La compagnie de Madeleine créa une distance entre Tambada et ses amis.

Après plusieurs tentatives sans succès, Tambada prit la ferme résolution d'en finir avec cette situation de virginité de Madeleine. Il choisit donc une nuit qui, selon lui serait la toute dernière.

— Cette nuit-là sera ma dernière tentative. Si jamais je ne parvenais pas, je l'aimerais telle. Je ne forcerai plus rien. Certainement que je ne suis pas le promis ou, peut être, qu'il n'est pas encore temps que cela se réalise.

Tambada faisait ce raisonnement dans une méditation profonde : le souhait ardent d'être le premier homme à connaître sexuellement Madeleine. Il ne voulait pas du tout la laisser dans cet état. S'il ne le faisait pas c'était certain qu'un autre plus réaliste le ferait et Madeleine l'oublierait aussitôt. Avec l'avènement des ONG internationales, la plupart des jeunes de la préfecture avaient un emploi. L'un d'eux pourrait, à coup sûr, la séduire par le biais de son avoir. Voilà donc quelle était la principale préoccupation de Tambada. Il avait alors un défi à relever.

La ville de Kissidougou était calme. Elle se souvenait encore de ses fils tombés sur les champs d'affrontement et aussi de ses biens perdus lors de la panique de ses habitants. La psychose était omniprésente. La population ne pouvait se croire en sécurité, parce que les coups de feu retentissaient encore quelques nuits. La lune brillait, mais elle n'avait personne pour l'admirer puisqu'enfants et adultes préféraient leur toit. Un couvre-feu sous l'effet de la peur s'était tacitement imposé à partir de 22 heures toutes les nuits.

A 19 heures déjà Madeleine était chez Tambada comme ce dernier le souhaitait. Elle lui apporta un plat fait à base d'œufs. Ils dégustèrent ce plat ensemble. Il n'était plus question de faire de protocole. Les deux savaient l'objet de leur rencontre. Ils passèrent donc à l'acte. Madeleine s'offrit à Tambada et lui prit possession d'elle. Le coït dura une heure de temps puis c'était fini. Madeleine était désormais devenue comme toutes ses camarades d'âge. Elle fit jurer à plusieurs reprises Tambada sur la fidélité. Après l'assermentation de Tambada, elle lui dit :

— Tambada, le monde connaît de nos jours plus de femmes que d'hommes, je le sais, j'avais l'option d'attendre encore, mais tu m'as prouvé ton attachement à ma personne et m'as juré fidélité. J'ai cru en toi ; vu ta patience, ta sincérité et ta rigueur. Je voudrais que tu te souviennes de ces vacances et surtout de cette nuit. Nous avons versé assez de larmes, de sueurs, de salive et de sang avant d'en arriver là. Ce fut pour moi, personnellement, une abnégation.

— Tambada, plusieurs hommes avaient sollicité être à cette place, mais en vain, je n'ai pas cédé.

Parmi eux, il y en avait de plus riches et de plus beaux que toi. Moi, je ferai tout pour te rester fidèle. Je ne sais pour qui et pourquoi je te quitterais. Pour moi, tu es le meilleur de tous les hommes. Ce n'est pas évident que tu puisses m'être fidèle. Tu ne pourras pas t'abstenir, alors je t'en prie protège toi quand tu voudras goûter ailleurs. Je ne le veux pas et ne le souhaite pas, mais je n'y peux rien. La vérité est que tu me tromperas. J'ai plusieurs amis garçons, ils me font des confidences.

— Tambada, je t'aime pour le meilleur et pour le pire. Avec toi, je me sens emportée par quelque chose qui est plus fort que moi. J'ignore ce que tu m'as fait, ce que je sais, c'est que désormais ma vie, c'est toi. Mon souhait était de garder ma virginité jusqu'au mariage, mais : « l'homme propose, Dieu dispose ». Dieu a voulu que tu brises mon souhait, et tu l'as fait. Je ne te condamne pas. Aussi, je ne te demande pas de me marier obligatoirement, mais de me respecter et de respecter ta parole. Je le ferai autant pour toi, mon cher.

— Tambada, je viens de traverser une étape sacrée de ma vie. Cela à cause de ton amour. Alors je suis désormais à toi. Pense à moi partout où tu seras. Je t'aime de tout mon cœur. Ma joie sera de m'aimer à ton tour, d'être à moi et moi seule.

Très ému par cette intervention, Tambada la consola en disant :

— Madeleine, c'est la première fois que j'aie un penchant aussi grand pour une fille. Je ne peux exprimer l'amour que je ressens pour toi. La grandeur de ton amour fait que je te sens comme moi-même. Je t'aime Madeleine. A partir de maintenant, je suis prêt à me sacrifier pour toi, ma chérie. Je suis désormais ton prisonnier. Je continuerai, comme depuis le premier jour de notre rencontre, à faire ta volonté.

— Madeleine, aucun de nous ne pensait qu'un jour on ferait connaissance. De Kankan à Kissidougou en passant par Conakry, notre amour a fait le tour de la Guinée. Nous avons vécu les différents climats, végétations, hydrographie de la Guinée. Malgré la distance qui nous séparait, Dieu a fait que nous nous sommes rencontrés, pour en arriver là. « Que nul ne sépare ce que Dieu a uni et que nul ne délie ce que Dieu a lié ».

— Madeleine, où que tu sois, quoi que tu fasses, avec qui que tu sois, pense qu'il y a quelqu'un qui s'appelle Tambada qui pense à toi et qui t'aime sincèrement. Je me comporterai comme tu le voudras. Je te fais confiance, parce que tu le mérites.

Tambada termina son discours en s'approchant d'elle pour lui dire tout bas :

— Je te donne mon cœur.

— Je te donne ma vie, répondit Madeleine.

Un sourire de joie et d'amour couvrit les deux visages.

Certes, un combat venait d'être gagné, celui de la conquête de Madeleine et un autre plus ardu devait commencer, celui de son maintien et de sa maîtrise. Comment pouvoir garder à lui seul une fille de cette taille et de cette carrure ? Lui qui venait d'être diplômé. Cette équation avait plusieurs inconnus. Il faillait tout d'abord que Tambada puisse trouver immédiatement du travail pour s'occuper de ce cadeau du ciel qu'était Madeleine. Il ne se doutait pas de sa victoire dans cet autre combat. Cela pour la simple raison qu'il avait non seulement confiance en lui-même, mais aussi, il avait assez de promesses d'emploi à Conakry. Fort de tout cela, il proposa à Madeleine d'aller poursuivre ses études à Conakry.

Sans se faire beaucoup de soucis, au sujet de cette affaire de travail dont l'obtention était certaine selon lui, il se mit plutôt à la disposition de sa chérie Madeleine qui elle, vivait ses premiers jours d'amoureuse. Cette disponibilité de Tambada à être tout le temps auprès d'elle la comblait de joie et assouvissait son désir.

Tambada avait les armes pour être aimé par Madeleine. Il s'était déplacé d'une ville à une autre pour elle. Ce fait le grandissait. Son statut était convoité. Un étudiant qui se déplaçait de la capitale pour une jeune fille. Tambada était aussi venu avec un peu d'argent qui lui permettait de bien faire son séjour. Sa famille d'accueil avait également une situation économique équilibrée. Il ne lui restait plus qu'à consommer tranquillement l'amour qui le liait à Madeleine. Ce fut comme une lune de miel pour eux. Les deux amants étaient presque présents à toutes les manifestations organisées à l'intention des vacanciers. Ils étaient très admirés, ceci se prouvait par les paroles de félicitation et d'appréciation que les proches leur adressaient.

C'était dans cette atmosphère que Tambada vivait jusqu'au moment où son tuteur arriva. Très marqué lors de la visite que Tambada avait effectuée chez lui à Mongo,

Tonton Simon n'attendait que le mois de septembre pour le rejoindre à Kissidougou. Dès son arrivée, il mit Tambada dans tous ses programmes. Il était désormais son compagnon fidèle. Tonton Simon voulait profiter de ces vacances pour demander une affectation pour Kissidougou. Il lui fallut donc taper à plusieurs portes. Cette compagnie fut alors une occasion propice pour lui, de connaître les réalités et les couloirs de l'administration locale. A quelques jours seulement des démarches, Tambada comprit qu'il fallait avoir un ami ou un parent dans un service pour être mieux traité et servi. Cette administration était caractérisée par la lenteur, l'ethnocentrisme et la corruption. Cette nature des choses au niveau du service public, choquait Tambada qui n'avait pas manqué de poser des questions sur les raisons de ce phénomène. Mais, les réponses qu'il reçut étaient loin de refléter la réalité. C'est seulement au niveau des ONG (organisation non gouvernementale) internationales qu'on constatait la rigueur et la vigueur dans le travail. Toutes les courses qui les conduisaient vers ces ONG le concernaient indirectement. En effet, Tonton Simon l'amenait vers ces ONG pour le prépositionner en cas de recrutement. Il ne manquait pas de faire part à Tambada des grands projets qu'il comptait réaliser. Il lui disait qu'il comptait beaucoup sur son soutien. Tambada écoutait son tuteur sans pouvoir se décider. Car à présent, deux idées se bousculaient dans sa tête. Rester à Kissidougou pour y travailler ou décliner l'offre de Tonton Simon et retourner à Conakry.

Rester à Kissidougou, lui offrait deux opportunités. Celle de travailler et celle de vivre à côté de sa chérie, Madeleine. Toutefois, les ambitions de Tambada surpassaient celle de la vie menée dans une préfecture comme

Kissidougou. Retourner à Conakry, lui permettrait de profiter des multiples promesses qu'on lui faisait çà et là. En effet, Conakry c'est la Capitale, le niveau de vie était un peu plus élevé et le contact plus facile. Tambada croyait sans doute qu'une fois à Conakry, il ne tarderait pas à être placé dans un bureau confortable ou aller poursuivre ses études à l'étranger.

Tambada qui ne voulait pas vexer son tuteur, ne faisait qu'acquiescer toutes les propositions. Cela était vraiment la solution, car Tonton Simon agissait avec un certain espoir qui dénotait son souhait de voir Tambada vivre auprès de lui. Il ne fallait donc pas couper cet appétit. Intérieurement Tambada savait que c'était impossible pour lui de rester à Kissidougou. Ses parents à Conakry ne verraient pas cela d'un bon œil. Pour eux, il serait fait pour une carrière plus digne qu'un simple employé dans une ONG opérant dans une préfecture et dont le contrat serait résiliable à tout moment.

Tambada attendit le jour où Tonton Simon avait une bonne humeur pour lui demander de le laisser repartir à Conakry à la recherche de son diplôme. Il obtint son accord et, de même Tonton Simon lui conseilla de passer voir sa mère à Kankan avant de rejoindre Conakry. Ils s'entendirent donc que Tambada quitte Kissidougou la fin de la semaine suivante. Le compte à rebours commença donc pour lui. Il fit part de la nouvelle à Madeleine en ces termes :

— Madeleine, il y a un temps pour tout. Un temps pour vivre et un temps pour mourir, un temps pour veiller et un temps pour dormir, un temps pour se rencontrer et un temps pour se séparer. Bref, comme je te l'ai dit, chaque chose a son temps. En effet, après une période de deux mois et demi de vie ensemble, je dois te quitter pour repartir d'où je suis venu. Je crois bien que ce n'est ni la première ni la dernière fois de se rencontrer. Je pourrai revenir ici pendant les congés de Noël ou de Pâques. Et, en cas d'empêchement, je te ferai parvenir les frais de transport pour que tu me rejoignes.

Cette dernière phrase donna le sourire à Madeleine qui semblait être peinée. Pour toute réponse, elle lui déclara qu'elle était faite pour lui et lui seul. Tambada la regardait avec passion lorsqu'elle prononçait ces mots. Il l'aimait plus que tout au monde. Et tout homme à sa place, l'aimerait tel. Car, Madeleine avait tout pour être aimée et admirée.

La dernière nuit de Tambada à Kissidougou fut très romantique. Madeleine lui réserva beaucoup de surprises. Il était aux anges cette nuit-là. Elle lui fit goûter à tout et lui fit faire tant de trucs. Ce fut une des plus longues nuits de sa vie. La belle Madeleine l'a rendu enfant, grand, sage, débile, malheureux et enfin heureux. C'était extraordinaire, pathétique et bien. L'univers qu'avait créé Madeleine à cet instant, a conduit Tambada à prendre des engagements qu'il serait incapable d'honorer. Il s'agissait par exemple, de faire venir Madeleine à Conakry à son compte quelques mois seulement après son retour. De faire part de sa liaison avec Madeleine à sa famille et de préparer très prochainement la cérémonie de fiançailles...

C'était avec ces promesses que Tambada quitta Kissidougou. Le jour de son départ, tous ceux qui l'avaient côtoyé étaient présents à la gare routière. Il y avait Madeleine, Tonton Simon, Antoine et Kéloua qui était un peu malade. Nul ne consentait au départ de Tambada. Ils présentaient tous une mine tendue. Pour décrisper l'atmosphère, il provoqua Kéloua qui, bien que souffrant improvisa des blagues comiques. Tambada quitta aux environs de 16 heures, à bord d'un mini bus pour rejoindre sa famille à Kankan qui était déjà impatiente de le revoir.

Le séjour de Tambada ne fut pas assez long à Kankan. Il fit seulement une semaine qu'il consacra entièrement à sa famille. Ce fut une grande fierté pour sa mère qui présentait son fils, diplômé d'université, à ses connaissances. Comme toute bonne mère en Afrique, sa mère lui fit visiter les croyances africaines. Là, tout se fit pour la réussite de Tambada après ses études. Cela le rassura une fois de plus, et, le voilà en route pour Conakry, afin de trouver de l'emploi qui lui permettra de réaliser ses grandes ambitions.

Le trajet Kankan-Conakry fut un vrai calvaire pour le moral de Tambada. En effet, Tambada fit la connaissance d'un monsieur du nom de Mohamed Oumar. Un Guinéen qui résidait aux USA. Il était revenu au pays dans la clandestinité pour voir ses parents. Ce Monsieur avait rejoint les USA dans le cadre d'une formation qui devait durée deux ans, au compte de l'Etat guinéen. Il y avait de cela seize ans. Au juste, depuis qu'il était parti, il n'était pas revenu. C'était un commissaire de police qui vivait, en ce moment-là, sur le territoire guinéen, sous une fausse identité. Il ne tardait pas à donner de l'argent lorsqu'on immobilisait leur taxi pour le contrôle.

Tambada était assis avec lui et une jeune fille dans le fauteuil du taxi positionné tout à fait en arrière. Tout allait bien entre eux jusqu'à Dabola. Ils s'étaient présentés l'un à l'autre et étaient devenus de bons amis. C'est juste après cette préfecture, quand les causeries se sont étendues sur le pays que la bonne amitié nouée depuis la gare routière de Kankan prit fin.

Tout commença lorsqu'ils aperçurent à la rentrée d'un village, une femme qui portait un fagot de bois sur sa tête, un enfant au dos et un autre enfant qu'elle tenait par la main. Tambada qui ne put se contenir lança un mot de mécontentement à l'égard de la femme. Sans attendre que Tambada termine, la jeune fille intervint pour dénoncer la cherté de la vie et le comportement irresponsable des hommes. Quelques instants après, Mohamed Oumar qui n'avait pas pris part à la discussion sur la pauvre femme s'adressa à Tambada.

— Jeune homme, vous souffrirez encore. N'est-ce pas vous qui préférez ''la liberté dans la pauvreté à l'opulence dans l'esclavage'' ?

— Mais bien sûr que oui, répondit Tambada.

— Eh bien ! A présent, vous n'avez ni l'un ni l'autre. Tu sais ce que vous avez. Je vais te le dire : La misère dans la dépendance. N'accuse pas cette pauvre femme. Regarde plutôt loin, mon ami. Ce que tes yeux viennent de voir ne peut-être dit plus haut. Ton pays est volé, défiguré ; il est assujetti, ligoté et son développement entravé. C'est un royaume qui se meurt, déliquescent, pas un Etat dont les institutions se fortifient comme on vous le fait croire.

Fier de son bagage intellectuel, Tambada riposta immédiatement :

— Non Monsieur ! La République de Guinée, est un Etat libre et indépendant qui s'est doté pendant ces dernières décennies d'un régime démocratique viable et d'institutions républicaines solides. C'est l'un des pays les plus stables de l'Afrique. Ce pays ne restera pas tel. Bientôt tout va changer. On aura tout à notre portée dès lors qu'on a la liberté de faire tout.

— Oui, mon cher Tambada, c'est ainsi qu'on vous inculque la peur, la soumission et l'espoir en vous faisant croire à un changement bénéfique très prochainement pour le Guinéen. Tu parles de liberté. Quelle liberté avez-vous ? vous êtes victimes d'arrestations arbitraires jours et nuits, vous n'avez pas le droit de revendication, vous êtes affamés et assoiffés. Ce pays a toujours vécu avec un seul homme pas deux jamais. Qui d'autre peut ouvrir la bouche ici ou soulever la tête. Vous n'avez ni l'indépendance politique, ni l'indépendance économique. Le niveau de vie du Guinéen est au-dessous du seuil de la pauvreté. Vous n'avez rien et vous ne faites rien. Pas de routes, pas d'électricité, pas d'eau, pas d'infrastructures de communication. Il n'y a aucune différence entre la Nation, l'Etat et le Parti. Tu peux me parler aussi de la démocratie ? Les 70 % de l'électorat te diront qu'ils ont cessé de voter depuis le référendum pour l'adoption de la loi fondamentale en 1990. les 25 % te diront qu'ils ont voté plus de deux fois lors d'un même scrutin. Une seule main dirige toutes les institutions Républicaines. Les partis de l'opposition sont étouffés par tous les moyens. La censure au niveau de la presse privée et publique va jusqu'à atteindre la vie privée des journalistes. Parle-moi encore de la liberté et de la démocratie dans un pays où les autorités communales et communautaires sont imposées.

Sans donner le temps à Tambada de parler, il enchaîna après une petite pause.

— Certes, la Guinée est bénie, mon ami. C'est une terre vraiment bénie par le Bon Dieu.

Cette phrase remit la joie au cœur de Tambada. Mais, tout à coup comme s'il se contredisait, Mohamed Oumar reprit avec énergie dans sa voix.

— Mais, les Guinéens eux sont victimes d'une malédiction. Oui, de vrais fainéants de Dieu.

Face à ces propos, Tambada ne put se contenir, il riposta vivement.

— Va voir ailleurs, le Guinéen ne souffre d'aucune malédiction. S'il y a de maudits, c'est bien toi et ceux qui font comme toi.

Aidé par les autres passagers ; ils défendirent à Mohamed Oumar d'avancer ces genres de propos. Les paroles de Mohamed Oumar énervaient beaucoup Tambada. Mais son éducation familiale lui commandait de modérer ses propos bien qu'étant sur ses nerfs. Pour éviter qu'il ne déborde, il engagea d'autres causeries.

Sans perdre son sang froid, Mohamed Oumar continua son réquisitoire contre le pouvoir en place.

Pour toute réponse, Tambada lui demanda de retourner là où il vivait déjà c'est-à-dire aux USA et de laisser les Guinéens vivre leur misère avec obstination.

— Non ! riposta Mohamed Oumar. La situation est telle qu'il faut l'intervention immédiate de la Communauté internationale pour sauver la Guinée. Ton pays est en crise de tout. La monnaie est faible, le PIB, le PNB tout est au bas de l'échelle. Il n'est pas question de laisser ce pays aux mains des fauves. A ceux qui favorisent et encouragent cette situation déplorable de la Guinée, retiens ceci : « au pays où les audiences se donnent à l'ombre des grands arbres, le roi qui coupe les branches tiendra ses assises en plein soleil ».

— En tout cas nous, nous vivons bien ici chez nous, répliqua Tambada

Mohamed Oumar, très surpris que Tambada garde encore sa position malgré ses paroles de vérité sur ce pays, le fixa longuement des yeux avant de dire :
— Petit, tu es diplômé d'université n'est-ce pas ?
— Oui, répondit-il.
— Eh bien, tu chômeras aussi longtemps que le soleil de la liberté continuera à briller, tant que tu seras honnête et sincère. Mais, essaie seulement d'être lâche, fourbe, escroc et dupe, tu occuperas de hautes responsabilités. Compte sur ton intelligence, tu attendras des mois devant les bureaux sans être agréé. J'ai vraiment pitié de toi, mon cher ami. Je te croyais homme, mais je te découvre femme.

Ces propos le mirent à nouveau hors de lui-même. Il ne dit plus rien. C'était à la rentrée de Kindia. Tambada attendit. Dès qu'ils arrivèrent à la gare de Kindia, il demanda au chauffeur de lui remettre ses bagages qu'il voulait changer de véhicule. Tous les autres passagers s'opposèrent. Il changea alors de place en allant s'asseoir dans le fauteuil du milieu. Ainsi, le silence caractérisa le reste du trajet.

La première occupation de Tambada à Conakry fut tout d'abord de constituer ses dossiers. La liste des pièces à réunir était longue, les moyens pour les avoir limités et la procédure très compliquée. Il se résolut à obtenir, en premier lieu, son diplôme. Contre toute attente, les autorités universitaires lui firent comprendre que les diplômes n'étaient pas encore prêts. Toutefois, il y avait des attestations d'admission à l'examen de sortie qui étaient disponibles. Il mit deux semaines pour les constituer. En plus, il devait trouver le certificat de nationalité, un certificat de visite et de contre visite médicale, un certificat de résidence, un curriculum vitae pour pouvoir postuler pour un emploi. La balle était donc lancée à Tambada qui espérait trouver de l'emploi dès la possession de ces dossiers. Il se mit tout de suite à les réunir. La recherche de ces dossiers, comme porte d'entrée dans une zone interdite, s'était avérée très difficile. Tambada était toujours placé devant un dilemme qui consistait soit à donner plus d'argent pour lui faciliter l'acquisition rapide du dossier demandé, soit à verser le tarif normal et attendre le moment indiqué pour recevoir. Comme il était devant une urgence, le pauvre succombait sous la volonté des secrétaires pauvrephobes. Le cas le plus décevant fut le refus de lui délivrer le certificat de nationalité. En effet, la somme qu'on lui avait exigée était trois fois supérieure au prix normal. Et comme il n'avait pas suffisamment d'argent ce jour-là, un faux doute s'installa en lui. Et, on le qualifia de Libérien. Au moment où il subissait ces tracasseries, il voyait d'autres à qui on le délivrait sans aucune difficulté parce qu'ayant soudoyé les agents véreux de l'administration. Aucune procédure ne leur était imposée. Alors qu'il avait été demandé à Tambada de faire au préalable une demande manuscrite. Depuis qu'il avait entamé ses démarches, il n'avait jamais été exonéré. Mais pouvait-il l'être ? Sans argent cela est impossible. Issu d'une petite ethnie de la Guinée Forestière près de Kissidougou, il n'avait aucun parent auprès de ces institutions. Il était Lélé cela faisait son malheur du moment. Les Lélé se comptaient du bout des doigts à travers la Guinée. Plus de dix offres d'emploi lui échappèrent. Comment réunir tous les dossiers ? « En vain, revenez demain » l'accompagnait toujours.

« N'avons-nous pas clamé tous LIBERTE Le 03 avril 1984 ? Alors...Voici ce qui était le leitmotiv de Tambada pendant ses démarches d'emploi.

A chaque fois que Tambada subissait une mésaventure, il rentrait la tête baissée dans sa famille. Cette famille qui ne pouvait rien que lui prodiguer des paroles d'encouragement.

Ce fut après beaucoup d'efforts qu'il réussit à constituer ses dossiers. Quant aux premières opportunités d'emploi, celles-ci s'étaient déjà envolées même si la chance était incertaine. En tout cas, Tambada n'avait pu en profiter. Cet état de fait l'intriguait à plus d'un titre, mais que faire ? Il fit la photocopie de ses dossiers puis les légalisa, les uns après les autres, comme cela lui avait été conseillé par ses aînés. Chaque dossier avait été multiplié par dix. Il les plaça partout où il y avait possibilité d'offre d'emploi. Un vrai pré positionnement sur lequel il comptait vraiment.

Peine perdue, le temps passait et Tambada restait toujours sans nouvelle de ses dossiers. Il ignorait que ces structures ne recrutaient pas les gens sans expérience et sans une recommandation. Avec un curriculum vitae vierge et sans appui, Tambada ne pouvait s'attendre à une place au niveau des organismes privés. Une expérience professionnelle de trois ans au moins y était toujours exigée.

Cette porte étant fermée, il fit face à l'administration qui, en Guinée, était le plus grand employeur. A ce niveau, chaque fois qu'un dossier était déposé, il devait être accompagné des billets de banque. Dès que ces messieurs sentaient ces billets, ils faisaient toutes sortes de promesses. Voilà ce qui vida de plus les poches de Tambada. Il fit une année sans succès, plus d'espoir et, tout de suite, sa vie changea.

Qu'avait-il fait au Bon Dieu ? Son économie fragilisée, il était désormais le plus présent dans les Magbanas, car ne pouvant avoir le prix du taxi pour se déplacer. Il se familiarisa avec l'intérieur des Magbanas. Les Magbanas étaient des véhicules à l'intérieur desquels on se sentait en famille. S'ils n'étaient pas bien remplis vous formiez un carré en vous faisant face les uns les autres. S'ils étaient bien remplis, vous ressembliez à une boîte de sardines et là dedans, l'oxygène cède la place au gaz carbonique qui se fait accompagner d'une odeur nauséabonde. Ces Magbanas constituaient des moyens de déplacement de la basse classe en Guinée. Ce sont des lieux privilégiés où l'on apprend toutes les nouvelles et rumeurs. Une ambiance sans pareille y règne très souvent.

C'était eux que Tambada empruntait désormais. Il prêtait attention à tout ce qui s'y passait. Ce qui le fascinait le plus était ces femmes qui bavardaient et qui ne tardaient pas à exposer leurs problèmes familiaux et sociaux. Ces femmes, sans gêne parlaient de leur vie privée devant des inconnus comme si elles vivaient ensemble en intimité. A cela, s'ajoutaient les multiples scènes de disputes qui opposaient tout d'abord les passagers entre eux, ensuite les apprentis et les passagers et enfin les chauffeurs et les policiers.

Une scène de dispute entre un chauffeur et un agent des forces de l'ordre paraissait plus intéressante aux yeux de Tambada. Cette scène tournait toujours en faveur des policiers. Ces hommes qui étaient censés agir selon la loi soutiraient de l'argent aux pauvres chauffeurs sans aucune base juridique. Face à cette situation, Tambada demanda un jour à un agent s'il percevait un salaire à la fin du mois. En réponse, ce dernier lui dit que le salaire était insignifiant. A Tambada de conclure.

— Je croyais que vous n'étiez payés que par les chauffeurs, mais je réalise que l'Etat aussi vous paye.

Ce comportement des agents était courant dans tous les services. Dans les hôpitaux, la poste, les tribunaux, partout, l'insouciance, le culte du chef et la corruption étaient érigés en un système d'administration. Tambada était conscient de cela, car, il le vivait en ce moment.

Chaque jour qui passait, Tambada découvrait un nouveau visage de la vie et de son administration. Il constata que la Guinée était bel et bien une famille. Une famille dont le père était polygame. Il y avait par conséquent une affinité maternelle au sein de la famille. Une famille qui avait quatre mères de famille ces mères représentaient les quatre régions naturelles. La mère de Tambada était celle qui venait de la Guinée Forestière. Son caractère la mettait loin de la combativité, du toupet et de la tricherie. Cette passivité de la mère de Tambada était également le malheur présent de Tambada qui se promenait à travers cette ville sans trouver satisfaction à ses problèmes.

Le pays qui avait dit non à la France pour compter sur ses propres fils voyait son fils, la tête pleine de connaissances et le corps prêt à tout faire, qui ne trouvait pas d'endroit où s'exercer. Et pourtant, les ministères étaient bourrés de personnes ayant même âge que son grand-père. A chaque fois que Tambada reprenait le chemin de la maison, il versait des larmes. Ces larmes ne séchaient que quand il pensait qu'il n'était pas le seul à subir le martyre du chômage. Son ami Kéloua, bien que malade, en souffrait péniblement. Ni le NON ni la LIBERTE n'avaient pu guérir les plaies de la Guinée. Oui ! « La pauvreté est une maladie essentiellement politique ».

Deux années passèrent, aucun changement positif dans la vie de Tambada. Il opta alors pour l'enseignement. Cela pour ne pas désapprendre et pour pouvoir satisfaire certains besoins. Il avait toujours l'espoir qu'il aurait un emploi digne de ce nom. Ses déplacements ne devaient plus le conduire à une grande distance de Conakry. C'était Madeleine qui se déplaçait chaque vacance. Elle venait remonter le moral de son âme qui vivait dans une situation relativement misérable. Malgré cette situation qui faisait de Tambada un farfelu, Madeleine l'aimait toujours et lui était fidèle. Elle rejetait les avances de ces bonnes personnes qui voulaient, à partir de leur avoir en poche, se l'approprier. Tambada lui-même, était des fois témoin des avances faites à Madeleine. Ce fait le motivait une fois de plus à se trouver un emploi décent pour s'émoustiller avec Madeleine. En vain, il ne fut jamais ni présélectionné ni sélectionné. Dire qu'il « n'y a pas de marché saturé pour un bon produit » n'est pas guinéen. Car, le niveau intellectuel de Tambada était irréprochable. Tambada souffrait dans son âme et dans son corps. Cette souffrance qu'il n'avait pas connue durant son cycle scolaire et universitaire venait à présent s'abattre sur lui, au moment même où il devait savourer les délicieux fruits de ses dix-sept années de labeur.

Romans et nouvelles d'Afrique noire

aux éditions L'Harmattan

Dernières parutions

UNE APPARITION SURNATURELLE
André Léonard Tiagni
Ce roman est l'histoire mystérieuse de l'apparition du Démiurge dans un petit village d'Afrique centrale, ce qui jette un pavé dans la mare du quotidien des habitants. Chacun croit voir son destin basculer quand la plus haute autorité traditionnelle s'investit pour dénicher la vérité. Les villageois pourront-ils s'en sortir, au moment où chacun essaye de rester dans la course, à la poursuite de son destin ?
(Coll. Harmattan Cameroun, 11 euros, 70 p., novembre 2014)
EAN : 9782343045665 EAN PDF : 9782336360317

ATANDELE ! DEMAIN DANS TES MAINS
Roman
Willy Kangulumba Munzenza
Atandele est un universitaire qui rêve d'une carrière fructueuse et d'une progéniture digne de lui mais qui, à la place, va subir la précarité et l'humiliation. Il décide alors de se lever et entraîne dans son combat la jeunesse consciente. Ce roman renouvelle la remise en cause d'une Afrique résignée face à l'inacceptable et réveille la conscience des jeunes appelés à gérer la société de demain. Ainsi sonne l'hymne à Atandele : Nous sommes, nous sommes tous Atandele, qui engage chacun de nous.
(Coll. Encres Noires, 17,5 euros, 178 p., novembre 2014)
EAN : 9782343047331 EAN PDF : 9782336362601

AU DIRE DE MES AÏEUX
Une facette du passé des Fang du Gabon
Casimir Alain Ndhong Mba – Préface de Christophe Ozomo
Dans ce livre, l'auteur rapporte des faits racontés par ses aïeux sur le passé ancestral. Il nous fait partager quelques idées bien arrêtées que les anciens avaient sur la société, leurs rêves, leur manière d'interpréter les cris d'animaux, de considérer la femme, etc. Il porte un regard acerbe sur certains maux de la société, sous le couvert d'une tradition quelque peu dévoyée, à travers les déboires d'un nommé Asticot et la vie d'une grand-mère victime de son dévouement.
(Coll. Écrire l'Afrique, 14 euros, 136 p., décembre 2014)
EAN : 9782343042671 EAN PDF : 9782336362670

BIAGUI MANTA
Roman
Pascal Mancore
Ce roman est le récit de vie d'un jeune villageois, Biagui Manta, qui, à force de caractère et d'abnégation, parvient à mener brillamment ses études jusqu'à entrer

dans l'une des plus prestigieuses universités et à y évoluer avec les meilleures performances. À travers une intrigue bien pensée, l'auteur aborde les thèmes de la corruption, de la drogue, de la dégradation de l'environnement, de la politique politicienne, du dialogue islamo-chrétien, du terrorisme international.
(26 euros, 266 p., décembre 2014)
EAN : 9782343051161 EAN PDF : 9782336364155

CUSHING
Roman
Fatou Diop
Jeune mariée, Maty est atteinte d'une maladie rare. Elle est évacuée pour être soignée dans un service spécialisé d'un hôpital parisien. Digne et courageuse, elle est le portrait idéal de la femme sénégalaise avec sa peau d'ébène. Quelle est donc cette maladie si rare ? Parviendra-t-elle à en guérir ? Réussira-t-elle à retrouver le sourire ? Sera-t-elle en mesure de pouvoir un jour reprendre le cours de sa vie auprès de sa famille ?
(16,5 euros, 158 p., novembre 2014)
EAN : 9782296998926 EAN PDF : 9782336360904

ÉTONNANT !
Kokamwa ! Et autres nouvelles
Marie-Françoise Moulady-Ibovi
Un soir que je dansais dans une boîte de nuit, le postérieur bien emballé dans un jean-slim-taille-trop-basse, j'ai rencontré un politicien. Il m'a draguée avec son portefeuille lourd de CFA et «son gros français». Je me suis laissée séduire. Il a versé dans le tuyau de mon oreille tout un tas de baratins. Tu connais le baratin des politiciens, hein ? Nos rencontres avaient lieu dans les chambres VIP de l'hôtel Olympic Palace et de la résidence Marina : ce n'était que des corps-à-corps brûlants... sans préservatifs.
(Coll. Écrire l'Afrique, 14 euros, 144 p., novembre 2014)
EAN : 9782343044484 EAN PDF : 9782336360386

LES FUMÉES DE LA FOLIE
Roman
Boubacar Ndiaye
Ce roman est un plaidoyer, un témoignage à chaud sur le problème de la drogue. C'est un prétexte pour interpeller et appeler à la fois gouvernants et chefs de famille à une vigilance soutenue et à une grande sensibilisation au même titre que la répression pour éradiquer ce mal.
(12 euros, 104 p., décembre 2014)
EAN : 9782296998797 EAN PDF : 9782336362915

L'INCONNU SUR LA TOILE
Ou Rencontre avec Khaled M.
Mariette Blanche Ekoume
Préface de Linus Toussaint Mendjana
À tout juste 30 ans, Gabriela est une brillante avocate qui croyait avoir tout pour être heureuse. Même l'amour, qu'elle ne cherchait plus. Emportée par ses sentiments, elle est sourde aux mises en garde de son entourage sur cet amour, virtuel. Ainsi, c'est tout son univers qui bascule le jour où se dévoile la véritable

identité de ce mystérieux inconnu du Net. Gabriela réalise, avec horreur, qu'elle a chatté pendant près d'un an avec l'un des terroristes les plus recherchés au monde.
(Coll. Harmattan Cameroun, 15,5 euros, 154 p., décembre 2014)
EAN : 9782343043548 EAN PDF : 9782336364292

JUNGLE
Roman
Jean-Sebastien Zahm
Colin vit avec son père Gérard, expatrié, dans une petite ville de Guinée. Excessif, violent, destructeur, Gérard ne fait que des passages furtifs dans la maison familiale, abandonnant son fils à Fatou, sa jeune compagne, avec qui ce dernier tisse des liens de plus en plus troubles. Colin devine que de sombres secrets rongent son père. Construit comme une enquête familiale, ce roman initiatique fait basculer, par petites touches cruelles, la vie de son héros de quinze ans.
(Coll. Écrire l'Afrique, 22 euros, 268 p., novembre 2014)
EAN : 9782343037301 EAN PDF : 9782336359724

LE MIRACULÉ DES BORDS DU FLEUVE MANO : SOUGA
Mamady Koulibaly
Le miraculé des bords du fleuve Mano : Souga est le récit romancé des tribulations d'un rescapé de la guerre du Libéria. Le personnage principal, marqué par la douleur du reniement, a passé près de deux décennies à errer sans cesse entre la Guinée, la Sierra Leone, le Libéria. Il apporte son témoignage sur des faits marquants : la révolution guinéenne, les troubles qui ont secoué le Libéria depuis l'assassinat de William Tolbert jusqu'à l'éviction de Samuel Doe.
(Coll. Harmattan Guinée, 12 euros, 102 p., décembre 2014)
EAN : 9782343051857 EAN PDF : 9782336364261

MON CONTINENT À FRIC
Un essai à deux voix sur l'attractivité du continent africain et de sa jeunesse
Darouiche Cham, Jean Eyoum
La première approche proposée dans cet ouvrage consiste à suivre l'évolution d'Ibrahima, un jeune Sénégalais de 14 ans passionné par le football et dont les rêves de gloire vont être confrontés aux réalités socioéconomiques de son pays natal ainsi qu'aux failles du système football mondialisé. Dans une seconde approche, Ibrahima devient la personnification d'un continent - l'Afrique - ayant souvent servi de pompe à fric aux détrousseurs postcoloniaux et devenu une zone de «libre racket».
(Coll. Écrire l'Afrique, 13 euros, 120 p., novembre 2014)
EAN : 9782343046723 EAN PDF : 9782336360355

LA PLACE MARIALE
Roman
Jean Cliff Davy Oko-Elenga
Pot pourri est embarqué lors de la rafle de la place Mariale car, détenteur d'un kiosque et féru de lecture, il est un informateur potentiel. Il est innocent et n'a pas sa langue dans sa poche, alors, il compte bien faire éclore le boulet qu'il trimballe depuis quarante ans sous l'emprise de frustrations mal sublimées. Une association humanitaire lui offre un cahier, palliatif à la liberté, à travers lequel il imagine enfin un scénario où il distribue les rôles avec la seule idée de se faire justice.
(Coll. Harmattan Congo, 18 euros, 182 p., novembre 2014)
EAN : 9782343027326 EAN PDF : 9782336359762

LA RÉPUBLIQUE DES SANS-SOUCI
Jean-Célestin Edjangue
Mukala était devenu président de la «République des sans-souci», en Afrique, par la seule volonté de l'ancienne puissance coloniale. Cette dernière devait l'assurer de son maintien au pouvoir à vie. Dans ce jeu politique où la mère patrie puisait dans les ressources économiques de la jeune République depuis son indépendance en 1960, c'est l'immense majorité du peuple qui trinquait. Jusqu'au jour où la jeunesse de la République des sans-souci décide d'en finir avec un régime qui appauvrit le peuple tout en se remplissant les poches...
(Coll. Écrire l'Afrique, 14 euros, 122 p., décembre 2014)
EAN : 9782343033884 EAN PDF : 9782336363622

SIRÈNE DES SABLES – Anthologie de nouvelles
Lydia Evoni, Assia-Printemps Gibirila, Liss Kihindou, Binéka Danièle Lissouba, Evelyne Mankou, Pénélope-Natacha Mavoungou-Pemba, Marie-Françoise Moulady-Ibovi, Gilda-Rosemonde Moutsara-Gambou, Huguette Nganga Massanga, Jussie Nsana, Marie-Léontine Tsibinda
Collectif Femmes écrivaines du Congo-Brazzaville – Préface d'Arlette Chemain
Elles écrivent des nouvelles, de la poésie, des romans, des essais, des pièces de théâtre. Elles se sont réunies ici autour d'un thème séduisant et d'actualité : la sorcellerie. Ces onze écrivaines congolaises mettent un projecteur sur le monde invisible et ténébreux des sorciers, magiciens, féticheurs-nganga, marabouts, guérisseurs et autres ndokis...
(Coll. Écrire l'Afrique, 19,5 euros, 212 p., décembre 2014)
EAN : 9782343044859 EAN PDF : 9782336363134

LES TEMPS N'ONT RIEN CHANGÉ MANSANGA
Roman
Jean-Paul Mfinda
Ce roman décrit une liaison à la fois passionnelle et mystérieuse entre monsieur Do, veuf et entreprenant, et madame Mansanga, une belle dame, divorcée et pieuse.
(Coll. Harmattan RDC, 13,5 euros, 122 p., décembre 2014)
EAN : 9782343049083 EAN PDF : 9782336363349

LE ZOUAVE DE RASPOUTINE
La faillite d'une élite - Nouvelles
Gérard Essomba Many
Le zouave de Raspoutine est l'expression du ras-le-bol d'un citoyen, horripilé par l'état dans lequel son pays a été plongé par une élite prédatrice. L'auteur tire la sonnette d'alarme, car, nostalgique d'un pays qui fonctionnait suivant le respect de certaines valeurs traditionnelles, il est indigné de vivre avec impuissance cette descente aux enfers de la terre de ses ancêtres.
(Coll. Harmattan Cameroun, 10 euros, 65 p., novembre 2014)
EAN : 9782343034737 EAN PDF : 9782336361277

L'HARMATTAN ITALIA
Via Degli Artisti 15; 10124 Torino
harmattan.italia@gmail.com

L'HARMATTAN HONGRIE
Könyvesbolt ; Kossuth L. u. 14-16
1053 Budapest

L'HARMATTAN KINSHASA
185, avenue Nyangwe
Commune de Lingwala
Kinshasa, R.D. Congo
(00243) 998697603 ou (00243) 999229662

L'HARMATTAN CONGO
67, av. E. P. Lumumba
Bât. – Congo Pharmacie (Bib. Nat.)
BP2874 Brazzaville
harmattan.congo@yahoo.fr

L'HARMATTAN GUINÉE
Almamya Rue KA 028, en face
du restaurant Le Cèdre
OKB agency BP 3470 Conakry
(00224) 657 20 85 08 / 664 28 91 96
harmattanguinee@yahoo.fr

L'HARMATTAN MALI
Rue 73, Porte 536, Niamakoro,
Cité Unicef, Bamako
Tél. 00 (223) 20205724 / +(223) 76378082
poudiougopaul@yahoo.fr
pp.harmattan@gmail.com

L'HARMATTAN CAMEROUN
BP 11486
Face à la SNI, immeuble Don Bosco
Yaoundé
(00237) 99 76 61 66
harmattancam@yahoo.fr

L'HARMATTAN CÔTE D'IVOIRE
Résidence Karl / cité des arts
Abidjan-Cocody 03 BP 1588 Abidjan 03
(00225) 05 77 87 31
etien_nda@yahoo.fr

L'HARMATTAN BURKINA
Penou Achille Some
Ouagadougou
(+226) 70 26 88 27

L'HARMATTAN SÉNÉGAL
10 VDN en face Mermoz, après le pont de Fann
BP 45034 Dakar Fann
33 825 98 58 / 33 860 9858
senharmattan@gmail.com / senlibraire@gmail.com
www.harmattansenegal.com

L'HARMATTAN BÉNIN
ISOR-BENIN
01 BP 359 COTONOU-RP
Quartier Gbèdjromèdé,
Rue Agbélenco, Lot 1247 I
Tél : 00 229 21 32 53 79
christian_dablaka123@yahoo.fr

Achevé d'imprimer par Corlet Numérique - 14110 Condé-sur-Noireau
N° d'Imprimeur : 124255 - Dépôt légal : décembre 2015 - *Imprimé en France*